올리브나무 사이로

올리브나무 사이로

윤경옥 산문집

북앤피플

학교에서 나와 만난 나의 아이들에게

아이들의 이름은 종종 가명을 사용하였습니다.

서문

나는 어렸을 때부터 책 읽는 것을 무척 좋아하였다. 어린 시절의 친구들은 그런 내게 '책벌레'라는 별명을 붙여 주었다. 그러면서 어설프게 썼던 글들이 상을 받았고, 초등학교 문예반 선생님으로부터 '너는 이다음에 훌륭한 시인이 될 거야'라는 말씀을 듣고는 시인이나 소설가로 사는 것이 무엇인지도 모른 채, 언젠가 나는 시인이나 소설가가 될 거라고 오랫동안 생각하였다.

젊은 시절에 나는 시나 소설을 쓰는 사람이 되지는 못하고, 아이들에게 시와 소설을 가르치는 국어 교사가 되었다. 교사가 된 이상 정말로 좋은 선생님이 되고 싶었다. 나는 힘닿는 대로 최선을 다했다. 모든 아이들을 진심으로 사랑하였다. 그러나 실제로 그렇게 좋은 선생님이 되었는지는 모르겠다. 학교에서 나와 만난 나의 아이들의 삶에 내가 밀알만큼이라도 도움이 되었기를 간절히 소망한다.

교사가 되어 처음 만난 첫 학교의 아이들은 특별히 더 잊지 못한다. 발령을 받고, 갈탄 난로의 흔적이 군데군데 남아 있는 3월에, 그다지 깨끗해 보이지 않는 남학교의 복도를 걸어갈 때의 감회가 새롭다. 여중, 여고를 다닌 나에게 남학교의 살풍경한 모습이 인상적이었다.

그렇게 시작한 32년 6개월의 교사 생활을 마무리하고도 10년 가까이 세월이 흘러갔다. 마침내 나는 시를 쓰기 시작하였다. 1년 조금 넘는 동안 80여 편의 시를 쓰고, 시집 《우리는 모두 무엇인가 되고 싶다》를 출간하였다. 소박한 나의 시들을 모아놓고 보니, 내 인생의 많은 부분을 같이 했던 나의 학생들이 더욱 그리워졌다.

'선생님이 드디어 시를 썼어'라고 자랑도 하고 싶어졌다.

아이들을 그리워하다가 그들의 이야기를 글로 쓰기 시작했다. 그러므로 이 산문집은 아이들에 대한 추억과 사랑과 그리움을 담은 책이다.

내 마음의 빛깔은 같아도 젊어서 처음에 만난 아이들과 끝 무렵에 만난 아이들은 상당히 달랐다. 시절도 다르고 나의 나이도 달라져서일까. 조금씩 달라져 가는 모습을 대략 10년 단위로 나누어, 1부 '나의 수선화에게', 2부 '살며, 사랑하며', 3부 '홀씨가 머문 자리'로 구분하였다.

이 글이 아직도 어디선가 열심히 살고 있을 그들의 마음에 닿아 작은 등불이 되길 바란다.

길 위에서

거진 항구에서 화진포로
우리는 철새처럼 가고 있는데
포구에 머무는 어부들은
텃새의 아침처럼 분주하다

바위 위에 바위 같은 가마우지
자맥질하여 물보라를 일으키고
불 꺼진 가로등 위에 새 한 마리
작은 불빛처럼 길을 내려다본다

잎을 떨구고, 떨고 있는 벚나무 곁에
솔숲은 수묵화처럼 검푸른 겨울인데
긴 다리 건너가며 뒤돌아보면
삶은 길처럼 이어져 평온하다

바닷마을 카페에서는 커피를 끓이고
우리는 커피 향이 풍기는 사소한 일상에
위로받으며 안도하며

걸었던 길을 되돌아 집으로 간다

-윤경옥의 시집 《우리는 모두 무엇인가 되고 싶다》 중에서

〈차례〉

2부 : 살며, 사랑하며(1989~2000)

3부 : 홀씨가 머문 자리(2001~2011)

1부

나의 수선화에게

(1979년~1988년)

1. 교사가 되어

옛날의 이야기다. 서울시 국어과 중등교사 임용시험에 응시한 일이 돌이켜 보니 까마득하다.

내가 교사가 된 것을 가장 기뻐한 사람은 아버지다. 몸이 쇠약해져 있던 아버지는 맏이의 앞날을 일단 안심해도 된다고 생각한 것이다. '먹고 산다'는 일이, 사회의 한 구성원이 된다는 일이 얼마나 중요한 일인지 잘 아셨기 때문이다. 그 2년 후에 아버지는 돌아가셨다.

내가 처음 교사가 되었을 때 아버지께서는 교사로서 지녀야 할 자세에 대해 단 한마디만 하셨다. "남의 집 귀한 자식 때리지 마라." 지금은 상상이 안 되겠지만 그 시절에는 훈육이라는 명목 아래 아이들이 학교에서, 집에서 많이 맞고 자랐다. 그러고 보니 나의 아버지는 우리들 앞에서 목소리를 높이신 적도 없고 험하거나 비천한 말을 사용하신 적도 없고 매를 드신 적도 없다.

아버지의 '나의 학생들은 모두가 남의 집 귀한 아이'라는 그 말씀을 마음에 새기고 평생 지키려고 노력하였다.

2. 교사와 학생의 사이

처음 선생이 되고 나서 한 일은 종로서적에 가서 몇 가지 심리학책을 산 일이다. 사람들의 마음, 특히 학생들의 마음을 잘 이해하고 싶었기 때문이다. 물론 대학 다니면서 수강을 신청하지 않은 채로 철학과와 역사학과, 심리학과 등의 강의를 여러 번 들어보기도 했다. 그때 우리는 그것을 도강(盜講)이라 부르고, 학점 받아야 하는 부담 없이 관심 있는 강의, 수강하는 것을 좋아하였다.

구입한 책 중에 종로서적에서 발행한 하임 기너트의 《교사와 학생의 사이》라는 책이 있었는데, 이 책을 밑줄을 그어 가며 여러 번 읽었다. 그 책을 다시 열어보니 다음과 같은 구절에 밑줄이 그어져 있었다.

'학급을 원만하게 이끌고 나가기 위해 교사는 심리적으로 사소한 일면도 다룰 줄 알아야 하고, 대수롭지 않은 다툼, 갈등, 갑작스런 사건 등 매일 같이 일어나는 사소한 일들을 효과적이고도

다정하게 처리할 수 있는 특별한 솜씨가 있어야 한다.'

'엄격한 규율보다는 아이의 감정이 더 중요하다.'

'곤란한 순간일수록 교사는 지혜로운 처신으로써 학생을 구해 낼 수가 있다.'

'다정하게'라는 단어에는 두 줄을 그어 놓았다.

거기 이런 이야기도 나온다. 어느 날 선생님이 교실에 들어갔더니 누가 오렌지를 까서 먹고 그 껍질만 교탁 위에 올려놓았다. 선생님은 어떻게 반응해야 하는가? 누가 그랬냐고 나오라고 소리 지르며 야단쳐야 할까? 아니다. 이렇게 하라고 써 있었다. "누가 오렌지 껍질을 여기 놓았느냐? 나는 껍질보다 알맹이를 좋아하니 다음에는 알맹이를 주렴." 그러고 수업을 시작하면 된다고.

내 입장에서 그렇게 약간 오글거리게 대응하는 일은 쉽지 않겠지만 중요한 일화로 마음에 담아 두었다. 아마도 나라면 그냥 쓰레기통에 버리고 수업을 시작하지 않았을까.

3. 3월 배정, 4월 발령

3월에 학교 배정을 받았다. 처음에는 배정과 발령이 같은 것인 줄 알았다. 어느 학교에 가서 근무하라기에 그것이 곧 발령인 줄 알았다. 그런데 나에게는 3월 월급이 없다고 한다. 무슨 소리인가 했더니, 교육청에서 배정만 하고 발령을 내지 않았단다.

월급날이 지나서야 그 사정을 알고 교육청에 문의하였다. 서류 미비라고 한다. 어처구니없는 일이다. 내가 갖춰 내야 하는 서류도 아니고, 교육청에서 나의 모교, 대학교에 성적확인서를 요청했는데 그것이 교육청에 아직까지도 오지 않아서 발령을 못 내고 있단다.

지난 12월, 졸업하기도 전에 임용시험을 보았고 합격자 발표일은 언제였는지 지금 잊었지만 아마도 1월 아니었을까. 그런데 아직까지 나에게는 아무 말도 없이 저러고 있다.

대학교 행정실에 알아보았다. 교육청에서 요구한 성적확인서 회신 공문을 담당자가 서랍에 넣어두고 깜빡 잊었단다. 황당하다.

1979년 4월 13일 금요일에 발령이 났다. 그래서 나의 공식 교사 시작일은 4월 13일이다. 한 달 월급이 사라졌고, 호봉 승진이 매년 3월 기준이라 호봉도 1년 치가 사라졌다. 그래도 내가 할 수 있는 일은 없었다. 무얼 해야 할 줄도 몰랐다.

세상 물정도 잘 모르고 있던 푸르게 젊은 시절이었다. 요즘 세상에서는 있을 수 없는 일이다.

4. 초심을 잃지 말아야

처음 선생이 되었을 때는 학교에 교사 식당도 구비되지 않았었다. 선생들은 중국집에 짜장면이나 우동을 시켜 점심을 해결하기도 하였지만 대부분 도시락을 싸서 가지고 다녔다.

삼삼오오 모여 앉아 점심을 먹는데, 어느 선생님이 지나가는 학생을 불러 마실 물을 좀 떠다 달라고 한다. 나는 깜짝 놀랐다. '자기 먹을 물을 왜 학생에게 부탁하나, 자기가 가서 떠 오면 되지' 하는 생각은 속으로 삼켰으나 그 상황이 너무 이해가 되지 않아 잊혀지지 않았다.

몇 개월이 지나자, 선생이 그런 사소한 개인적인 부탁을 학생에게 하여도 처음처럼 그렇게 놀라지도 않고 이상하다는 생각도 희미해졌다. '이래서 잘못된 관행이 잘못인 줄도 모르고 계속되는가 보다' 하는 반성을 하게 되었다.

학생들과 만나고 가르치고 하던 30여 년의 세월 동안 이 생각을 줄곧 하였다. 처음에 내가 느낀 감정이 객관적으로 정당하다는 생각을 하면서 나의 행동을 항상 되새겨보곤 하였다. '내가 혹

시 지금 부당하고 적절하지 못한 행동을 하고 있는 것은 아닐까?'
라는 생각이 들 때마다 저 일을 떠올려 비교해 보곤 하였다.

초심을 잃지 말아야 한다는 말은 이럴 때도 필요한 듯하다.

5. 승주의 조언

우리 나이로 23살에 교사가 되었다. 어렸을 때 '키가 크다'고 아버지가 남들보다 1년 먼저 학교에 보냈기 때문이다. 그때는 그게 가능했는가 보다.

아주 젊은 데다가 젊은 만큼 생각도 자유로우니 복장도 좀 자유롭게 하고 다녔다. 정장을 갖춰 입고 등교할 때도 있지만, 청바지나 빨간 티셔츠, 원피스도 종종 입었다.

어느 날, 내가 수업을 맡은 1학년 어느 반의 반장이 내게 이런다.

-선생님, 선생님은 고등학교 3학년인 우리 누나보다도 더 어려 보여요. 너무 어려 보여서 학생들에게 권위가 서지 않을 것 같아요. 복장이라도 정장을 하시면 낫지 않을까요?

귀여웠다. 그리고 참 대견하였다. 실제로 내가 권위를 잃고 있었는지 어쨌는지는 모르겠으나, 겨우 중학교 1학년 조그마한 꼬마가 그런 생각을 하고, 선생님을 도우려 한다는 사실이 기특해서 '그러마'고 약속을 하였다. 그리고 남은 30여 년의 세월 대부분 정장을 하고 학교에 갔다. 나중에는 정장이 오히려 편안하게 느껴졌다. 재킷 양쪽에 주머니도 있어 가끔 분필도 넣고, 메모지도 넣고 하면서.

6. 우리 반 종언이

오늘 일어난 일을 두고 웃어야 할지 어째야 할지 모르겠다.

학교에서는 1년에 4번 형성평가를 치른다. 1학기 중간고사를 치르고 보니 우리 반이 2학년 17개 반 중에 16등이다.

어차피 시험을 치르고 나면 꼴찌반이 있기 마련이고, 그 순위라는 것이 참 애매해서 성적이 좋은 학생이 하나만 전학을 와도 바뀌고, 만약에 우리 반에서 꼴찌였던 학생이 전출을 가도 순위가 바뀌는 것이니, 일희일비할 일이 아닌데, 그게 참 묘하다. 자기 반이 꼴찌라는 것을 알면 담임은 왠지 기가 좀 죽는다. '자신이 뭔가 잘못 지도해서 그런 거 아닌가' 하는 쓸데없는 자책도 든다. 나도 늘 그런 마음에 시달렸다. 그래서 '꼴찌만 하지 말아라' 하는 마음이었다.

'16등이니 좋구나' 해야 하는가. 일단 한숨은 돌렸지만, 다음 시험에는 꼴찌를 할지도 모르겠다는 불안한 생각이 들기도 했다.

그렇다고 별다른 대책도 없고 시간이 흘러 1학기가 끝나가며 기말고사를 치르게 되었다. 그런데 웬일인가. 우리 반이 3등이라고 하지 않는가. 너무 놀라서 교실에 들어가 아이들에게 물었다.

-어째 너희들 이렇게 시험을 잘 보았니?

-종언이가요. 시험 성적 안 올리면 우리들 '죽는다' 했어요. 그래서 죽어라 했어요.

종언이는 우리 반 다른 아이들보다 나이도 한두 살 더 많아서인지 아이들과 잘 어울리지 않고 늘 조용히 앉아 있는 아이이다. 아이들 말에 의하면 지역 조폭과 관련된 새끼조폭이라 건드릴 수 없는 아이라고 한다. 학교에 와서는 아무 문제도 일으키지 않고, 바깥에서 무슨 일에 연루되었다고 연락이 온 적도 없는 아이이니, 다만 소문일 수 있다. 그렇다고 누군가 그 아이 뒷조사를 해 본 것도 아니고. 아이들은 그 아이가 무서워 '죽어라 공부했다'고 한다. 담임이 공부 열심히 하라고 할 때보다도 말을 잘 듣는다.

참 어째야 할지 할 말을 잃었다. 젊은 담임을 좀 돕겠다고 종언이가 그랬나 본데, 잘했다고 칭찬할 수도 없고, 무작정 나무랄 수도 없고.

7. 연극 공연

2학년 우리 반 아이들과 여름방학이 시작되는 날에 연극 공연을 해 보면 어떨까 하는 생각이 들었다.

내가 중학생이었을 때, 아마도 3학년 때일 것이다. 한 학년 총 8개 학급이 있었는데 학급별로 연극의 주제를 정하여, 충분히 준비한 후 연극발표회를 열었다.

셰익스피어의 작품 5~6개와 다른 작품 2~3개가 무대에 올랐다. 우리 반은 《베니스의 상인》을 하기로 하고 반 친구들 모두가 무언가 하나씩 담당을 하였다. 배우가 되거나, 연출을 맡거나 조명, 무대의상, 음악 등. 나는 긴 내용을 줄여 각색하는 작업을 맡았다. 감히 각색이라 말하기에는 서툴고 어려운 작업이긴 하지만 아무튼 내용을 줄이는 일을 맡았었다. 그때 다른 반에서 주인공 '맥베드' 역할을 맡았던 친구는 나중에 성우가 되었다. 그 친구가 주연상을 받았던 것으로 기억한다.

그때의 추억이 참 좋았기에 그 《베니스의 상인》을 우리 반 아이들과 무대에 올려보고 싶었다. 아이들도 좋아하여 1학기 내내 학생들과 준비를 하였다. 아이들 대부분 형편이 어려우니, 비용을 거의 들이지 않고 진행해 보기로 했다. 의상의 경우 재판관은 반 아이의 누나 교복인 감청색 플레어스커트를 목에 망토처럼 둘러 법관의 분위기를 냈고, 안토니오의 옷은 아버지의 크고 헐렁한 흰 셔츠의 팔목 윗부분을 고무줄로 묶고 부풀려서 시대적 배경에 어울리는 느낌을 살렸다.

방학식을 하는 날 우리는 수박 몇 덩이를 사 놓고, 우리 반 수업에 들어오시는 선생님들을 초빙하고 〈베니스의 상인〉을 공연하였다. 선생님 10여 분과 우리 반 아이들이 관객이고 배우인 소박한 발표회였지만 아이들은 매우 즐거워하였고, 나도 기쁘고 행복했다.

시간이 한참 흘러 그 아이들이 마침내 졸업을 하게 되었을 때, 한 아이가 내게로 와서, '3년간의 중학교 생활 중 연극을 한 것이 가장 좋았다'고 인사를 하였다.

그런데 그 후 다시는 그 일을 하지 못하고 교사 일을 마감하였다. 힘에 부치고, 할 일이 이것저것 많다 보니 다시는 엄두를 내지 못하였다. 못내 아쉬운 일이다.

8. 완곡한 말솜씨

그 오랜 세월 내가 학생들에게 가르친 것만 있는 게 아니다. 배운 것도 많다.

새 학년이 시작되는 처음에는 담임이나 수업 담당 교사가 낯설고 어렵게 느껴지니 아이들이 하고 싶은 말을 다 하기 어렵지만, 학년이 끝나갈 무렵에는 속에 담아두었던 말도 종종 선생에게 한다.

무슨 일을 계기로 그 아이가 그런 말을 했는지는 기억이 나지 않는다. 그해가 끝나가는 어느 날, 한 학생이 자기가 수업시간에 대답을 했는데 선생님이 틀렸다고 바로 말씀하셔서 참 부끄러웠다고 말한다. 나는 아이들 마음을 다치게 하지 않으려 애썼다고 생각했는데 마음을 다쳤다니 놀라운 일이었다.

나는 국어과 교사이고, 국어 과목은 대체로 수학처럼 똑 떨어지는 답이 있는 것도 아닌데 그렇게 단숨에 틀렸다고 했다니, 설령 명백하게 동떨어진 대답을 했더라도 그렇게 반응할 일은 아니었다.

그 이후 학생들이 질문에 대답을 할 때나, 나와 학생들이 소소한 대화를 나눌 때에도 완곡한 말솜씨를 발휘하려고 늘 조심하게 되었다. 그렇다고 내가 항상 그렇게 잘하지는 못했을 것이다. 게다가 나와 나의 학생들 사이에는 분명하게 대처해야 할 일도 참 많았으니까.

9. 새로 오신 도덕 선생님

도덕 선생님이 새로 오셨다. 남자분이시고 나이도 좀 드셨는데 초임 발령이시다. 알고 보니 살아온 날들이 범상치 않았다. 조금 복잡하다. 대학에서는 철학을 공부하고 뜻한 바가 있어 출가하여 스님이 되셨단다. 한동안 스님으로 사시다가 무슨 생각이셨는지 나로서는 알 수 없으나 기독교로 개종하고 환속하셨다. 그 후 교사 임용시험을 치르고 우리 학교에 오신 것이다.

마음씨가 아주 고운 분이셨다. 학생들에게 헌신하는 모습이 때로는 걱정스러울 정도로 지극하셨다.

예를 들자면, 교실에 들어갔는데, 우당탕 소란을 피우던 학생이 의자를 망가뜨려 놓은 것을 보게 될 때 보통 나는 큰 소리를 낸다.

-무슨 짓을 한 거야. 얼른 목공실에 가서 고쳐 오지 못해!

목공실에는 솜씨 좋은 기사 아저씨가 있어서 망가진 학교 기물을 손봐 주신다. 급할 때는 담임이 아이와 함께 목공실로 가서 수리를 부탁하기도 한다. 그러면 좀 더 빨리 수리해 주신다.

그런데 이럴 때 그 선생님은 의자를 들고 몸소 목공실에 가셔서 손수 고쳐 오신다. 이런 식으로 언제나 세심하게 아이들을 보살피고 사랑을 베푸신다.

4월 중순쯤에는 학생들이 학교생활에 어느 정도 잘 적응하고 지내는가 살펴볼 겸 교우관계를 조사하는데 그 설문지에 감초처럼 집어넣는 질문이 하나 있다. '상담할 일이 생기면 어느 선생님과 하고 싶은가?' 또는 좀 더 직설적으로 '우리 반에 들어오시는 선생님 중에 어느 선생님을 가장 좋아하는가?'라는 질문이다. 대체로 담임이 가장 많은 표를 받는 법이다. 자기들을 가장 잘 알고 가장 많은 관심을 가진 교사가 아무래도 담임이기 때문이다.

그해에 나는 도덕 선생님에게 밀려서 2위를 했다. 좀 섭섭하긴 했지만 수긍할 만한 결과였다.

그렇게 열과 성을 다하던 도덕 선생님이 1년 만에 학교를 그만두셨다. 임용시험 준비하느라 애도 많이 쓰셨을 텐데, 1년 만에 그만두시다니 참으로 애석한 일이었다. 들리는 말에 의하면 '학생들에게 실망을 많이 하시고 자신의 한계에 절망감을 느끼신 것 같다'고 한다. 깊은 속내는 알 수 없었지만 아마도 심신이 지치셨나 보다.

학생들도 몹시 서운해하였다. 아이들은 그냥 아이들이다. 내가 아무리 열과 성을 다한다 해도 쉽게 바뀌지는 않는 법이다. 선생 노릇은 단거리 경주가 아니다. 마라톤을 뛴다고 생각해야 한다. 그냥 사랑하고 베풀면서, 때로는 엄히 기준을 가르치면서 바위에 물방울 스며들 듯이 그렇게 가야 한다.

그 당시 책 외판원을 하면서 생계를 유지하신다는 소문이 들려왔다. 책이라도 잘 팔렸어야 하는데, 어떻게 살고 계실지, 생각할수록 안타까운 일이다.

10. 민이의 결석

민이는 오늘도 결석이다. 이제 겨우 3월이 끝나 가는데, 벌써 열흘도 넘게 결석을 하였다. 이대로 가다가는 출석일수가 부족하여 3학년으로 진급하기도 어렵다. 하루 나오고 이틀 결석하고, 이삼 일 나오다가 또 결석하고 대중없이 학교에 나온다. 오늘은 가정방문을 하기로 결정하였다.

내가 근무하는 학교는 관악구에 있었는데 학생들은 주로 구로구, 영등포구 등의 구로동, 독산동, 신길동 등에서 배정받아 오고 어쩌다 여의도동에서 배정받아 홀씨처럼 날아오는 아이들이 한 반에 한둘 끼어 있다.

여의도동에서 오는 아이들을 빼고는 대부분 가정환경이 매우 어렵다. 우리나라가 산업화로 급속히 발전하던 그 무렵 각 지방에서 '서울 드림(dream)'을 품고 상경하는 사람들이 발길을 멈추는 곳이 대개 영등포역이었기 때문에 구로구, 영등포구의 인구 밀도는 매우 조밀하였다. 나는 1979년에 교사가 되었고 민이를 담임하던 때는 1980년이었다.

당시에는 교사의 가정방문이 허용되던 때라 문제가 생기면 나는 가끔 가정방문을 하곤 했는데 대부분의 문제는 가정방문만으로도 해결이 되었다. 가끔 가정방문을 가보면, 허름한 판잣집에 거적문으로 대문을 대신하는 집도 있었고, 공동 수도, 공동 화장실을 사용하는 동네도 있었다. 어느 집은 안채에 주인이 살고, 마당가로 대여섯 가구가 빙 둘러 방 하나 부엌 하나씩 차지하고 모여 있기도 하였다. 방은 어둡고 부엌은 부엌이라 하기도 어려운 좁은 공간. 명색이 대한민국 수도 서울특별시인데.

민이네 집도 그 대여섯 가구 중 하나였다. 어둡고 좁은 방에 중병 걸린 아버지가 누워 계시고 엄마는 일하러 나가 아직 돌아오지 않았고, 누나도 학교에 가고 없었다. 안채 주인아주머니에게 민이가 돌아오면 담임이 다녀갔다고 말해 주고 내일은 꼭 학교에 오라고 전해 달라 했다. 민이의 마음이 단숨에 이해되었다. '나'라도 학교에 가고 싶지 않을 것 같았다.

다음 날 다행히 민이는 학교에 나왔다. 방과 후에 상담실 옆 빈방에 마주 앉았다.

-민이야, 왜 그렇게 자주 결석을 하느냐?

-그냥 오기 싫어서요.

-왜 오기 싫은데?

-그냥요.

-학교에 오지 않으면 하루종일 뭐 하는데?

-그냥 돌아다녀요. 시장에도 가고, 게임방에 갈 때도 있고.

다행히 도둑질이라든가 하는 큰 문제를 일으키는 것 같지는 않았고, 나쁜 친구하고 어울리는 것 같지도 않았다. 수줍고 온순한 자세로 앉아 고분고분 대답을 한다. 나는 잠시 생각에 잠겼다. 그리고 제안을 하나 했다.

-민이야, 학교는 그렇게 놀이터처럼 아무 때나 오고, 안 오고 하는 데가 아니야. 다니려면 잘 다녀야지. 선생님이 허락해 줄 테니 4월 한 달 학교에 오지 말고 실컷 놀러다니렴. 그러다 한 달 후에 결정하자. 학교에 계속 다닐지 학교를 그만둘지. 그때도 학교에 오기 싫으면 아예 자퇴를 하기로 하자. 그래도 중학교는 졸업해야겠다는 생각이 들면 결석하지 말고 잘 다니기로 하고.

민이는 대답 없이 그냥 가만히 앉아 있었다.

-민이야, 오늘 집에 가서 잘 생각해 보고 결정하렴.

그때는 중학교 과정이 의무교육이 아니었기 때문에 자퇴나 강제 퇴학을 할 수 있었다.

이번에도 천만다행이었다. 민이는 그다음 날부터 빠짐없이 학교에 나오고 무사히 3학년으로 진급할 수 있었다. 한참 시간이 흐른 뒤 민이가 졸업할 무렵이 되어 민이의 3학년 담임 선생님에게 물었다.

-민이 학교 잘 다니고 있나요?

-그럼요, 결석 한번 없이 잘 다니고 있습니다.

그 이후 소식을 들은 적은 없지만 살면서 가끔 민이 생각을 한다. '어디선가 잘살고 있겠지. 잘살고 있어야 하는데.' 그러다 가슴이 서늘할 때가 있었다. 그때 만약 민이가 학교에 오지 않고 한 달 동안 놀면서 나쁜 일에 연루되거나 나쁜 사람들과 만나게 되었다면 어쩔 뻔했는가. 가슴을 쓸어내린다.

11. 철희 어머니

종례시간이었다. 철희가 수업료를 잃어버렸다고 한다. 당시에는 수업료를 은행에 내는 것도 아니고, 학교 서무실(지금은 행정실이라 부른다)에 학생이나 부모가 직접 내야 했다. 지금과 달리 중학교는 의무교육이 아니라서 일 년에 4번 소정의 수업료를 내야 했다. 많지 않다면 많지 않은 금액이라 할 수도 있지만 어려운 가정 살림에서는 그것도 부담이 되어 제때 내지 못하는 학생들도 있었다. 그러면 서무실에서 담임에게 명단을 넘기며 납부 재촉을 하라고 채근하기도 한다. 학교 운영을 해야 하니 이해는 가지만, 담임 입장에서는 참 곤혹스러운 일이었다.

그런데 그 소중한 수업료를 바로 내는 것을 깜빡 잊고 책상 서랍에 잠시 넣어두었다가 분실했는가 보다. 아마도 누군가 가져갔겠지만, 찾을 수가 없다. 혹시? 하고 심증이 가는 인물도 있었지만 경찰도 아닌 교사가 게다가 어린 학생들을 무작정 심문할 수는 없는 일이다. 각자 서랍 속이나 책가방 등 주변을 좀 찾아보라 했지만 나올 리 없다. 담임으로서 매우 미안한 일이긴 하지만 어쩔 도리가 없다.

지난 여름방학 중의 일이다. 학급별로 하루씩 학교에 나와 학교 내외 청소 봉사도 하고 두 시간 정도 도서관의 책을 가져다 읽는 날이 정해져 있다. 우리 반 차례였다. 3분의 2 정도의 학생들이 나와 청소 봉사도 하고 교실에서 책을 읽었다. 12시 집에 돌아갈 시간이 되어 책을 모았는데 한 권이 부족하다. 엄포를 놓았다.

-책 한 권, 마저 찾아올 때까지 집에 못 간다.

한 아이가 쪼르르 어디론가 가더니 책을 가져온다.

순간 '숨겨두었었나?' 하는 생각이 들었지만, 별다른 말은 하지 않았다. 모두 하교 인사를 나누고 집으로 돌아갔다.

그 아이가 공교롭게도 수업료를 잃어버린 아이의 짝이었다. 잠시 의심하는 마음을 품었었는데, 지금 생각하니 의심하는 마음을 품은 것만으로도 어쩌면 나는 그 아이에게 큰 잘못을 저지른 건지도 모르겠다. 아무튼 도난 사고는 나로서 제일 해결하기 어려운 문제였다.

다음 날 수업료를 잃어버린 아이의 어머니가 학교로 찾아왔다. 항의하러 오셨는가 싶어 잠깐 긴장하기도 했는데,

-우리 아이가 수업료를 잃어버렸다는데 사실인가 싶어 왔습

니다. 혹시라도 거짓말을 하는 건 아닐까 싶어서요. 제가 일을 다니느라 아들을 잘 보살피지 못해서 나쁜 아이들과 어울리는 것은 아닌지, 자신이 다른 일에 쓰고 잃어버렸다고 거짓말을 하는 것은 아닌지 정말 염려가 되어서요.

-아닙니다. 절대 그런 아이는 아닙니다. 잃어버린 것은 맞습니다. 죄송합니다.

그 어머니는 구로 공단에서 일을 하느라 바쁜데도 출근을 미루고 학교에 들러 아들에 관해 묻고, 수업료를 납부하고 돌아갔다. 평생 잊히지 않는 훌륭한 어머니셨다. 아마도 철희는 잘 성장하여 훌륭한 어른이 되었을 것이다.

12. 내 모습 패러디

한 학기에 한 번쯤 나 대신 학생들에게 수업을 시켜 볼 때가 있다. 많은 학생들 앞에서 발표를 해 보는 것도 괜찮은 경험이자 훈련이기 때문이다. 물론 학생의 수업은 서투르니 그 부분을 내가 다시 보충해 주긴 한다.

어느 아이가 나 대신 수업을 하고 있었다. 그런데 평소 그 애 모습과는 영 다른 제스처를 쓰고 말투도 다르다. 아이들은 폭소를 터트리곤 한다. 수업은 그런대로 잘하였다. 모습이 좀 특이했을 뿐이다.

쉬는 시간에 아이들에게 왜 그렇게 웃었는가 물어보았다. 그 아이가 내 모습을 흉내 냈단다. 그 좀 특이한 말투와 제스처가 나였단 말인가. 나는 그게 내 모습을 패러디한 것이라고는 전혀 생각하지 못했다. 그렇구나.

갑남을녀 중 80% 정도가 자신을 미남미녀로 생각하고, 선생의 80% 정도가 자신이 '수업을 아주 잘한다'고 생각한다지 않는가. 자신을 객관적으로 본다는 것은 무척 어려운 일이다. 반성할 일이다. 그러나 이런 생각도 든다. 가끔은 그런 착각 속에서 살아 갈 힘 또한 얻는 것 아닐까 하는 생각 말이다.

13. 글 잘 쓰는 정호

오늘은 정호 이야기를 해 본다. 내가 교사가 되어 처음 교지를 만들었을 때 정호와 함께 했기 때문이다.

학년 시작 전에 교사들이 모여, 수업 들어갈 학년과 담임을 정하고(이것은 주로 교장, 교감 선생님이 교사들의 의견을 듣고 정한다) 수업시간을 나누고, 행정업무를 나누고, 행정업무 외에도 교사가 꼭 해야 할 일들을 협의하고 역할을 나눈다. 국어과에서 해야 할 일은 백일장 개최, 독후감 발표대회, 교지 만들기, 논술대회, 학교도서관 사서 역할, 도서관에서 밤새워 책읽기, 졸업식 송사 답사 관장하기, 연구수업 하기 등이다.

내게는 그해 연구수업이나 교지 만들기 중에 선택하라고 해서 교지를 만들기로 했다.

문예반 2학년 학생들을 중심으로 일 년에 걸쳐 차근히 준비하였다. 방학 중에는 많은 시간을 할애하여 교지 만드는 데 성심성의를 다하였다. 정호가 그 팀장이 되어 애를 많이 썼다.

정호는 그림도 잘 그리고 글짓기도 잘하였다. 교지에 들어갈 삽화를 전부 정호가 그렸다. 정호는 지역 백일장 대회에 나가, 시를 쓰면 장원 입상을 하곤 하였다. 중학교 시절에는 여학생들이 좀 더 성숙하여 글을 잘 쓰기 때문에 남학생으로서는 드문 일이었다. 내가 근무한 학교는 남자중학교였기에 정호는 매우 독보적인 존재였다. 게다가 성실하여 반장도 하고 공부도 잘하였다.

세월이 7년쯤 흘러 우연히 대한극장 앞에서 정호를 만났다. 나는 영화 〈플래툰〉을 보려던 참이고, 정호는 그 길옆을 지나가던 중이었다. 의과대학에 진학했다고 한다. 잘했다는 생각이 들었다. 내 생각이지만 정호는 늘 행복한 아이였기 때문에 계속 시를 쓰기보다는 다른 일을 했으면 하는 마음도 있었다. 그 무렵에 나는, 시를 쓰려면 마음에 좀 균열이 있어야 한다는 편견을 가졌었다.

요번에 내가 시집을 발간하게 되면서 정호 생각이 떠올랐다.
-선생님이 드디어 시를 쓰고 출간하게 되었어.
라고 기쁘게 전하고 싶었다.

혹시나 해서 정호가 입학했다는 의과대학의 부속병원 홈페이지에 들어가 보니 거기 정호가 있었다. 얼마만인가. 사진만 보아도 반가웠다. 어쩌면 정호는 이제쯤 나를 잊어버렸을 수도 있는데. 그 의과대학 홈페이지에 들어가 보니 거기에도 있었다. 의과대학 교수로 재직하면서 의사로 진료도 하고 있는 것이다. 의과대학 홈페이지의 사진은 어렸을 때의 모습과 좀 더 닮았다. 시집이 나오면 한 권 보내야겠다는 소박한 마음을 품는다.

14. 메뚜기볶음 반찬

그해에 나는 야심 차게 운동장 쪽 창가에 길다란 화분을 몇 개 놓고 상추를 심었다. 아이들이 당번을 정하여 열심히 물을 주곤 하였더니 연둣빛 싹들이 오그르 돋아나고 어느덧 쌈 싸 먹을 만큼 자랐다. 하루는 상추를 몽땅 뜯어 점심시간에 상추쌈 파티를 하였다. 이것도 연극을 단 한 번 했듯이 한 번에 그치고 말았지만 행복한 추억이었다.

도시락에 얽힌 재미있는 추억이 하나 더 있다. 점심시간에는 담임이 점심을 먹기 전에 교실에 올라가 아이들 도시락 먹는 것을 한 바퀴 둘러보는 것도 일과 중 하나다. 맛있는 반찬도 한 점 집어먹어 보기도 하면서. 그날도 교실에 올라갔더니 교실 한쪽에 아이들이 모여 웅성웅성한다. 무슨 일인가 하고 가까이 가보았다. 한 아이가 메뚜기볶음 반찬을 싸 온 거였다.

우리 어렸을 때는, 특히 시골에서는 먹을 간식거리가 없으니 아이들은 들에 나가 메뚜기를 잡아다 볶아 먹는 것은 예사고 어떤 아이들은 개구리 뒷다리, 참새도 구워 먹곤 하였다.

나도 메뚜기는 많이 먹어보았다. 지금 생각하면 메뚜기에게 잔인하게 군 게 좀 미안하기도 하다. 잡아서 빈 소주병에 담기도 하고(이건 그래도 괜찮은 방법이었고), 빈 병을 미처 준비하지 못했을 때는 강아지풀을 뽑아 그 긴 줄기에 메뚜기를 잡는 대로 등줄기를 뚫어 주욱 꿰었다. 살아있는 놈의 등줄기를 꿰다니. 그때는 그런 행동에 아무 느낌도 생각도 없었다. 그저 메뚜기나 많이 잡을 생각을 했다. 볶아 먹으면 고소했으니까.

메뚜기를 이렇게 잡아다 예사롭게 볶아 먹는 일은 이제 아득한 예전의 일이고, 더군다나 여기는 서울 도심지라 메뚜기를 구경하는 일조차 드문데, 메뚜기볶음 반찬이라니. 아이들은 무슨 신기한 일이나 일어난 듯이, 혹은 야만인을 본 듯이 웅성거린다.

-아! 메뚜기, 메뚜기 원래 이렇게 볶아 먹는 거야.

나는 그중 한 개를 집어 아무렇지 않게 먹었다. 물론 먹어본 지 아득한 오래라 별로 먹고 싶지 않았지만, 먹어본 적 있는 일이니 아무렇지 않게 먹을 수 있었다. 상황은 바로 끝났다. '선생님이 저걸 먹다니, 먹어도 되는 건가 보다'라는 안도하는 얼굴들을 하고 모두 제자리로 간다.

15. 그리운 환이

우리 반 반장 환이는 온순하고 성실하며 아이들에게도 다정하여 많은 아이들이 좋아하였다. 그런데 별명이 '거북이'였다. 혹시라도 칠판에 글씨를 써야 할 일이 있으면 얼마나 느리게 쓰는지 인내심을 가지고 기다려야 했다. 그 느린 속도가 신기할 지경이었다.

그런 재미있는 특징을 가진 환이는 책임감이 높고 담임을 배려하는 마음도 깊어 오래도록 기억에 남는다. 그해에 나는 결혼을 했고 생활이 복잡해져서 아마도 학급 아이들에게 조금이라도 소홀해지지 않았을까 염려스럽게 돌아보게 된다. 만약 그랬더라도 환이가 있었기 때문에 많은 것이 괜찮았을 것이다. 환이에게 감사하다.

그때 우리 반 아이들이 결혼 선물로 준 청동 고니인가(기러기인가?) 한 쌍이 아직도 우리 집 탁자 위에 사이좋게 놓여 있다. 그동안 육아라든가 여러 가지 형편상 참으로 많이 이사를 다녔는데, 38년 동안이나 내 곁을 지키고 있다.

16. 첫 학교의 기억 마무리

첫 학교의 기억을 마무리해야겠다. 처음 경험하는 일이었기 때문인지 세월의 저편 가장 먼 기억인데도 가장 생생히 떠오르고 그 무수한 나의 학생들이 그립고 생각이 난다. 대부분 가정이 참 어려웠었는데 다들 잘살고 있기를 바라는 마음 또한 간절하다.

창훈이, 원래 담임이 4월에 학교를 그만두면서 내가 중간에 담임이 되었는데, 전 담임이 전해준 바에 의하면, 학급의 반장, 부반장, 학습부장 등 임원을 모아놓고 '반 수업에 들어오시는 선생님 중에 담임을 하고 있지 않은 국어 선생님과 한문 선생님 중에 누가 담임을 하면 좋겠는가.' 의견을 물었다 한다. 나는 첫 발령을 받은 신참내기로 다른 반 국어 수업을 하면서 그 반에는 일주일에 한 시간 한문을 지원하고 있었다. 국어는 나보다 나이가 20살쯤 더 많은 어느 여선생님이 맡고 있었다. 아이들은 '젊은 선생 좋아라'하여 모두 나를 지목하였는데, 창훈이만 나이 드신 그 국어 선생님이 좋겠다고 했단다. 나는 신참이라 억센 2학년 남학생들 다루기가 어려울 거라고.

결국은 수업시간을 바꿔가면서까지 내가 그 반의 국어도 담당하게 되고 담임도 맡았다.

나는 창훈이가 참 달리 보였다. 어떻게 그런 어른스러운 생각을 한 것일까. 창훈이는 여의도동에서 날아온 그 홀씨 같은 아이들 중 하나였다. 사는 동네가 달라서는 분명 아니다. 나이보다 점잖고 사려 깊고 학급 친구들과 우애가 깊었던 창훈이가 우리 반 반장이었던 것은 나에게 행운이었다.

지웅이도 있었다. 귀공자처럼 생기고 눈매가 예사롭지 않았던 지웅이. 유리문에 손을 다쳤었는데 어떻게 되었는지 모르겠다. 생각하면 가슴 아프고 애잔하다.

버스 정류장에서 나를 기다렸다가 내가 시외버스에서 내리면 우연을 가장하고 종알종알 이야기를 나누며 학교까지 함께 걷던 작고 귀여운 현이도 있었다. 나중에 커서 자기도 국어 선생님이 되고 싶다고 했었다.

나도 아이들을 무척 사랑하였지만, 아이들에게서 넘치는 사랑을 받았다. 더 많은 얘기들이 숨어 있고, 더 많은 아이들이 기억에 새롭지만 이쯤에서 멈추기로 한다.

17. 한자 시험

학교가 바뀌었다. 첫 학교에서 4년 근무를 마치고, 원거리 내신을 내서 북부교육청 산하로 옮겨 왔다. 남녀공학이었으나 남학생과 여학생을 섞지 않고 따로 반을 나눈 신설학교였다. 갓 입학한 1학년 학생들만 있었다. 그런데 나는 남학교에서 전근을 왔다고 남학생반 담임을 맡기고, 수업도 남학생반만 배정을 받았다. 남녀공학이지만 나는 여전히 남학생들하고만 생활하였다.

담임을 맡고 새 학년을 시작하면서 이번에는 어떻게 해서라도 성적이 우수한 학급을 만들어보고 싶은 욕심이 생겼다. 아이들이 더 열심히 공부하는 수밖에 없는데 내가 할 일은 없을까 궁리하다가 한문 교과목이 성적을 올리기 쉬울 거라는 판단을 했다. 공식이 어렵고 복잡한 수학도 아니고, 문해력이 어느 정도 있어야 이해가 쉬운 국어 과목도 아니고, 한자를 많이 외우면 외울수록 유리하니까. 한자를 암기시켜야 하겠다는 결정을 내렸다.

학급의 반장과 학습부장이 번갈아 좀 일찍 등교하여 칠판 구석에 한자를 5글자 혹은 10글자를 써 놓으면 아이들이 등교하는 대로 그 한자를 열심히 외우면 된다. 나는 종례시간에 잠깐 짬을 내어 그날의 한자 테스트를 하였다. 아이들은 정규 시험 성적에 들어가지 않는 쪽지시험이지만 칭찬을 듣고 성취감을 얻기 위해 그런대로 열심히 외웠다.

우리 반에 정운이가 있었다. 귀여운 얼굴의 총명한 아이였는데 아이들이 이름 대신에 머리가 좀 크다고 '머리'라는 별명으로 불렀다. 정확히 말하자면 머리통이 크다고 한다. 얼굴이 큰 게 아니라 머리통이 크다고. 내 보기에는 별로 큰 것 같지도 않은데. 아이들은 어떤 때는 참 세밀하고 예리하다. 아무튼 '머리통이 크다면 뇌세포가 많을 터이니 사는 데 유리하겠지' 하고 별다른 생각은 하지 않았다. 재미있게 떠오르는 별명이다. 남학생들은 이상하게 별명으로 부르기를 좋아한다. 여학생들은 별명으로 불리는 것을 참 싫어하고 별명으로 부르지도 않는데 남학생들은 예사롭게 서로를 별명으로 부른다.

그날도 아이들을 보내고 한자 테스트한 것을 가지고 교무실에 돌아와 채점을 하였다, 정운이가 9개를 다 맞추고 한 글자에서 한 획을 빠뜨렸다. 내가 빨간 펜으로 한 획을 마저 긋고 다 맞은 걸로 해 주었다. '이 정도면 다 맞은 거나 마찬가지야 잘 외웠네' 하면서. 빨간 펜으로 또렷하게 한 획을 마저 그어 주었으니 정운이도 분명히 그것을 보았을 거라고 생각했다. '기분 좋으라고 선생님이 점수에 인심 쓰셨구나' 이 정도 생각할 줄 알았다.

그런데 공교롭게도 나중에 그 글자가 중간고사 시험에 나왔고, 정운이는 여전히 한 획을 빠뜨려서 틀리고 말았다. 내가 그 쪽지시험 볼 때 틀렸다고 빨간 줄을 좌악 그었다면 아마도 정운이는 그것을 정확하게 다시 외웠을 것이고 진짜 시험에서 틀리지 않았을 텐데. 아쉬움인지, 미안함인지, 후회인지 뭔가 복잡한 심정이 되었다.

어떤 경우에는 틀린 것은 분명히 틀렸다고 알리고 수정해야 한다는 것을 깨달았다.

18. 인연

내게는 한 번도 뵙지 못한 시아주버님이 계시다. 결혼도 하지 않은 청년 시절에 병으로 돌아가셨기 때문이다. 우리 집에 그 시아주버님의 명함 크기 사진 한 장과 일기장 5권이 있었다. 한 집안의 장손으로, 장손다운 맏이였다고 한다. 형제 중에 가장 잘 생기고 공부도 가장 잘하고 일가친척에게 철마다 문안 편지를 올리는 속 깊은 청년이었다고 한다.

그런데 맏이인데다 밑에 동생도 5명이나 되니 4년제 대학에 보내지 못하고 2년제 전문학교에 진학시켰다고 한다. 후일 부모님이 나의 남편에게는 공업고등학교에 진학하라고 권유하셨다니, 아마도 그때는 그것이 부모님 입장에서 최선의 선택이었을 것이다.

그 일기장을 읽어보았다. 청년의 꿈과 고뇌와 희망, 슬픔까지도 오롯이 담겨 있었다. 겉으로는 늘 범상한 모습이었다는데 마음속에는 온갖 소용돌이가 휘몰아치고 있었다.

그 일기장에 서울대학교 문리과대학에 진학한 친구 이야기가 나온다. 이미 대학생 때 부모님 주선으로 결혼을 한 친구였다. 그 친구의 결혼식장에 가서 축사를 읽어주었다고 한다. 그 축사도 일기장에 적혀 있었다. 그러면서 그 친구가 4년제 서울대학교에 다니는 것을 너무나 부러워하고 있었다. 자기도 언젠가 4년제 대학에 진학하겠다는 굳은 결심을 하면서.

큰아들이 세상을 떠난 후에 우리 시부모님이 이 일기를 읽으셨다면 참으로 마음이 아팠을 것이다.

우리 반 아이들의 가정환경 조사서를 꼼꼼히 들여다보다가 우리 시아주버님의 일기장에서 보았던 그 친구의 이름을 발견하였다. 예전에는 가정환경 조사서에 본적(本籍)도 적었던지라 그분의 고향이 우리 시댁과 같은, 경상도 어느 마을이라는 것도 알게 되었다. 나이를 미루어 짐작해 보니 그 친구분 같았다.

연락을 드려보니 바로 그분이었다. 그분의 아들이 우리 반에 있었던 것이다. '세상이 정말 좁다'는 생각이 들었다. 우리는 살면서 이처럼 종종 신기한 인연과 만나게 된다.

그날은, 뵙지도 못한 시아주버님 생각을 한참이나 하였다.

19. 온탕과 냉탕

처음으로 여학생반 수업에 들어가게 되었다. 그해에는 여학생반 절반, 남학생반 절반, 수업을 맡고 담임으로서는 남학생반을 맡았다. 6년 차에 처음 들어가 본 여학생반은 천국과 같았다. 거의 모두 얌전하게 수업을 듣는다. 수업을 방해하는 개구쟁이도 없고 다들 필기도 열심히 한다. 목소리를 크게 높여야 할 일도 없었다. 숙제도 대체로 깔끔하게 잘 해오고, 육체적으로 힘든 일이 전혀 없었다. 때는 1984년, 까마득한 옛날 일이니 요즘 아이들과도 사뭇 다르다. 여학생반이 천국이라면 남학생반은 지옥이었다. 너무 지나친 표현인가. 아무튼 나는 "천국과 지옥을 왔다 갔다 해요" "온탕과 냉탕을 오고 가요" 이런 농담을 하였다.

20. 국화꽃 한 송이

이제 빈자리 빈 책상 위에 놓여 있던 국화꽃 한 송이가 선명하게 떠오른다. 사실은 그 흰 꽃 한 송이가 실제로 거기 놓여 있었는지, 내 마음속에 품고 있는 꽃송이인지 불분명하다. 완전히 그 일을 잊고 있었다. 그 일은 이 회고록을 쓰기 시작해서 마무리할 때까지 한 번도 떠오르지 않았다. 남편이 그 기억을 흔들어 깨웠다.

너무나 가슴 아픈 일이었다. 잊을 수 없는 일이라 오히려 까맣게 묻어두었었나 보다.

처음 그 학교에서의 추억을 돌이켜보았을 때는 아무것도 떠오르지 않았다. 아이들이 검은 어둠 속에 가라앉아 있었다. 왠지 이유를 알 수 없었다. 어느 시절의 어느 학교를 회상하더라도 푸른 풀밭에 빨간 꽃, 노란 꽃, 흰 꽃 야생화들처럼 아이들 기억이 돋아나는데 웬일인지 아무것도 떠올릴 수가 없었다. 간신히 몇 가지 기억을 되살려 적어두었다.

그날, 여름방학 중이었는데 부고가 날아왔다. 우리 반 태정이가 사고로 죽었다는 것이다. 밝고 명랑하고 활달하고, 여느 중2 남학생들과 마찬가지로 사랑스러웠던 태정이, 그렇게 일찍 가야 할 이유가 전혀 없었다.

장례식장에 달려갔다. 눈물도 나오지 않았다. 멍하니 정신을 놓고 앉아 있다가 돌아왔다.

방학 중이라 날도 덥고 해서 온 가족이 한탄강으로 놀러 갔다고 한다. 수영을 잘하는 태정이는 시원하게 강물을 따라 헤엄을 치고 있다가, 물가에 앉아 무언가를 하고 있던 여대생들이 소리를 지르며 동동거리는 것을 보았다. 코펠 뚜껑 하나가 물살에 흘러가고 있었다. 태정이는 수영을 잘하니까 자신이 그 코펠을 건져야겠다고 생각하였다. 그러나 힘센 소용돌이에 휘말렸다. 빠져나오지 못하고 익사하였다. 겨우 코펠 뚜껑이었는데.

한탄강에는 곳곳에 소용돌이가 있다. 위험한 강물이다. 거기서 태정이가 죽었다. 믿을 수 없는 이 불행을 오히려 나는 완전히 잊었었다. 그러면서 그 시절의 많은 기억도 묻혔다. 그때 태정이의 장례식장에서 눈물 한 방울 흘리지 않았는데, 오늘 나는 울고 있다. 눈물이 멈추지 않는다.

21. 복남이 사건

학년 초 어느 날, 서울지방검찰청 검사실에서 내게 전화가 왔다. 검사실에서 온 전화라니, 아무 잘못을 저지른 것 같지 않은데 가슴이 두근거렸다. 무슨 일일까. 그 당시에는 집집마다 전화가 있었던 것도 아니고 핸드폰이라는 것은 세상에 존재하지 않았던 시절이다. 우리 반 복남이가 결석을 해도 연락할 길이 없었는데, 검사로부터 복남이 얘기를 듣게 되었다.

복남이의 부모님은 시골 어디선가 농사를 짓고 사시는데, 하나뿐인 아들이 좀 더 잘 자라고 사회적 성취도 이루길 바라는 마음에 서울 이곳에 보내놓으셨다. 대학에 다니는 사촌 형과 둘이 자취를 하고 있다. 사촌 형이 대학에 갓 입학한 학생이라니 처음 겪는 대학 생활에 나름대로 얼마나 바쁠 것이며, 대학생이라 해도 여전히 어린 나이인데 어떻게 사촌 동생을 살뜰히 보살필 수 있겠는가.

복남이가 어쩌다 그렇게까지 되었는지 그 당시나 지금이나 나로서는 잘 모르는 일이다. 검사는 시골에 있다는 부모님과 연락이 안 되니, 할 수 없이 담임에게 전화를 걸었다. 담임이 와서 데려가라고 한다. 경찰서도 아니고 검사실이라니.

검사실에 난생처음 가보았다. 그 후 지금까지도 다시 간 일은 없다. 검사라면 사법고시에 합격한 대단한 인물인데, 그 검사가 일하는 방을 상상해 본 적은 없지만, 의외로 너무 소박해서 실망하였다. 책상 하나, 의자 하나, 캐비닛 두어 개 그리고 방문객이 앉는 길다란 나무 의자가 전부였다. 어쩌면 검사가 일하는 다른 방이 또 있고 그 방은 방문객을 맞이하는 방이었을까.

복남이가 황당한 모습으로 들어왔다. 참 난처한 광경이었다.

담임이 책임지겠다면 풀어주겠다고 하니 어쩌겠는가. 책임진다고 할 수밖에. 데려가고 한 달에 한 번씩 복남이의 근황을 서면으로 검사에게 보고하란다. 서울에 보호자가 없으니 어쩔 수 없이 담임이 보호자 역할을 해야 한다고.

데려오긴 했는데 서울에 사촌 형과 둘만 지내게 하는 것은 바람직한 일이 아닌 것 같았다. 아무래도 부모님 곁으로 가야 할 것 같아 부모님에게 연락하여 전학 절차를 밟았다. 검사에게도 부모님 계신 곳의 중학교로 전학을 간다고 알렸다.

그 뒤 복남이가 어떻게 성장했는지 소식은 듣지 못했다. 아마도 부모님과, 어렸을 때의 친구들이 있는 그 시골에서 잘 자라지 않았을까, 짐작해 본다.

22. 충청도에서 온 아이

어느 날 3학년 교실에 들어갔더니 낯선 아이가 맨 뒤에 앉아 있다. 3학년이 되고도 몇 달이 지났는데 전학을 오다니, 드문 일이다. 낯선 학교에 오면 자리 배정에 좀 신경을 써 주어야 하는데 그럴 여유가 없는 상황인가 보다. 중간쯤 가는 키에 평범한 모습의 온순한 인상이고 눈빛이 밝다.

한 교실에 60명이 넘는 학생들이 촘촘히 앉다 보면 맨 뒷자리에서는 선생님 소리도 잘 안 들릴 때도 있고, 아무래도 집중력이 떨어져 공부하는 데 지장이 있다. 그래서 공부 좀 하려면 다들 앞자리에 앉고 싶어 한다. 그런데도 맨 뒷자리에 앉은 그 아이는 언제 보아도 반듯한 자세로 흐트러짐이 없다.

어디서 온 아이인가 했더니 충청도 공주 근방 어디 시골에서 왔다고 한다. 아버지는 농부라 했는데, 영어 선생님 말씀이 영어 읽기, 쓰기도 아주 잘하고 발음도 매우 좋다고 한다. 시골에서 자랐는데 참 신통하다. 부모님은 그냥 순박한 시골 분이라 영어를 직접 가르치실 수 있는 형편도 아니라고 한다.

보통 새 학교로 전학을 오면, 새로운 환경에 적응하느라 자기 공부 실력이 잘 발휘되지 않는다. 시험 성적이 내려가기 마련이다. 자신의 자리를 회복하려면 6개월 이상의 시간이 걸린다. 선생님들의 수업방식이나 시험 문제 경향도 다르고, 새 친구도 사귀어야 하고 그러다 보면 그럴 수밖에 없다. 집중력이 떨어질 수밖에 없는 맨 뒷자리에 앉아 조금도 흐트러짐이 없다는 것도 참 신통하였다.

1학기말 시험을 치렀다. 놀랍게도 그 아이가 전교 1등을 하였다. 1학년 입학해서부터 항상 전교 1등을 맡아 했던 가현이가 간단히 2등으로 밀렸다. 물론 전교 2등도 굉장한 등수다. 그러나 한 번도 전교 1등을 놓친 적 없는 가현이가 2등으로 밀리면서 많은 사람들이 충격을 받았다. 충청도 어딘가 시골에서 온 저 아이는 도대체 정체가 뭔가.

가현이는 결국 남은 기간에도 원래 자리로 복귀하지 못하고 2등으로 졸업을 하였다.

시골에서 서울로 잠시 올라왔던 그 아이는 졸업을 하고 공주에 있는 유명한 고등학교로 진학하였다. 그 당시 서울은, 서울 시내 중3 학생 중 인문계를 희망하는 학생들에게 연합고사를 치르게 하고, 그 성적순으로 인문계 고등학교 정원만큼 뽑아서 집 가까운 곳의 인문계 고등학교에 무작위로 배정하고 있었다.

공주의 그 명문 고등학교는 전국의 수재들이, 사는 지역에 상관없이 입학시험을 치르고 들어가는 곳이었다. 전국에 그런 고등학교가 몇 있었다.

결국 그 학교로 진학할 거면 공주 근처에서 중학교를 다녔었다는데 서울엔 뭐 하러 왔던 것일까. 우리 학교는 부모의 학구열이 남다른 8학군도 아니고, 서울 변두리에 있던 학교인데, 왜 왔다 간 것일까. 그냥 서울 구경을 해 본 것일까. '말(馬)은 제주도로 보내고 자식은 낳으면 서울로 보내라'는 옛말이 있다. 그래서 한 번 서울에 보내본 것일까. 서울이 어떤 곳인가 구경해 본 것일까. 지금 생각해도 궁금하다.

그 아이가 슬쩍 다녀가는 바람에 가현이에게 깊은 상실감을 주었었는데, 그러나 2등으로 밀려본 가현이의 그 경험은, 겪어보아야 할 중요한 인생 경험이기도 하다. 비 온 뒤에 땅이 더 굳어지는 것처럼, 가현이는 아마도 그 일로 더욱 성숙한 사람이 되었을 것이다.

23. 진학 지도

그해에 처음으로 3학년 담임이 되었다. 여학생반이었다. 처음 교사를 시작할 때는 선생님들이 제일 기피하는 2학년을 주로 맡게 된다. 그 학년이 함께 하기가 가장 힘들기 때문일 것이다. 젊은 선생님들이 많이 담당하게 된다. 그러므로 대체로 교사 시작한 지 몇 년은 지나야 3학년 담임을 맡을 수 있다.

그 당시 어느 중학교나 3학년들은 연합고사에 대비하여 매월 모의고사를 치르는데, 문제지는 교육청에서 공급하고, 같은 날 같은 시간에 모든 중학교가 동시에 모의고사를 치른다. 그때는 학급 석차가 중간 이상은 되어야 인문계 고등학교에 진학할 수 있었다.

물론 상위권 학생이어야 입학할 수 있는 상업고등학교나 공업고등학교도 있었다. 여학생의 경우 서울여상, 동구여상 등이 있었다.

우리 반 미연이가 꼭 인문계 고등학교에 진학하고 싶다고 하였다. 그런데 첫 번째 모의고사에서 미연이는 예상되는 인문계 커트라인에 상당히 못 미치는 점수를 받았다. 열심히 공부하라고 격려하긴 했지만, 인문계에 진학할 수 있으리라고 기대하기 어려웠다.

그런데 웬일인가. 모의고사를 치를 때마다 미연이의 성적이 상승한다. 한 번도 내리막길로 가지 않고 조금씩이라도 꼭 성적이 오른다. 마지막 모의고사에서는 거뜬히 예상 커트라인을 넘었다.

이제 연합고사를 치러야 한다. 이 추세대로라면 미연이는 인문계에 진학하는 데 무리가 없다. 그러나 걱정이다. 계속 상승세를 탔으니 합격할 것 같기는 한데, 8번 정도 치른 모의고사에서 단 한 번 예상 커트라인을 넘었을 뿐이다.

미연이와 함께 며칠 고민을 하였다. 결국 특지고등학교에 지원하기로 결정하였다. 특지고등학교라는 것은 다른 인문계 고등학교와 같은 정식 인문계 고등학교지만, 학교가 위치한 곳이 마을에서 멀리 떨어진 외진 곳이라, 무작위로 배정하기에는 곤란한 학교다. 그래서 특수한 지역이라는 말을 줄여서 '특지'라고 하였다.

서울에 특지고가 여럿 있었는데 연합고사를 치르기 전에 먼저 입학원서를 넣어놓는다. 그리고 연합고사를 치른 후 입학원서를 넣은 아이들 중 성적 순서대로 정원을 채운다. 그러니까 연합고사에서 인문계 커트라인을 넘기가 좀 어려운 아이들이 원서를 미리 넣는 곳이다.

그런데 미연이는 연합고사에서 마지막 모의고사 성적보다 훨씬 좋은 성적을 받았다. 안타까웠다. 특지고에 원서를 넣어둘 필요가 없었던 것이다. 미연이는 몹시 상심하고 나도 매우 아쉬웠다. 그렇게 미연이는 특지고등학교로 진학을 하였다. 나로서는 실패한 진학 지도로 여겨져 상당히 마음이 아팠다.

다음 해 스승의 날에 미연이가 학교로 나를 찾아왔다. 명랑한 얼굴이었다. 특지고등학교에 간 것을 퍽 괜찮다고 여기고 있었다. 학급의 반장을 맡았고, 그 학교에 매우 우수한 성적으로 입학을 하였으니 모든 선생님들이 자신을 알아본단다. 교무실에 가면 여기저기서 미연이 이름을 부르신다고. 미연이로서는 한 번도 경험해 보지 못한 일이었다.

미연이는 학교 다니는 일이 참 행복하다고 했다. 나는 마음이 놓였다. 그러나 지금 생각해 보니 어쩌면 미연이는 나를 안심시키려고 그렇게 말했는지도 모를 일이다. 미연이가 정말로 행복했기를 간절히 바랄 뿐이다.

*양지가 음지 되고 음지가 양지 되는 것이 세상사라더니, 특지고등학교 중에는 나중에 그 근처에 대단위 아파트 단지가 들어서면서 단번에 많은 사람들이 선망하는 학교가 된 곳도 있다.

24. 주용이

주용이는 얼굴이 맑고 늘 환하게 웃는 3학년 남학생이다. 중간 크기의 키에 몸무게도 적당하고 평균 성적도 80점을 넘어가니 어디 하나 모난 데 없는 소년이다. 친구들과도 사이좋게 지낸다.

그런 주용이가 가끔 나를 '엄마'라고 한다. '선생님은 엄마 같아서 좋아요'한다. 엄마라니 얼마나 듣기 좋은 말인가. 이 세상에 엄마보다 좋은 사람이 어디 있는가. 대부분의 사람들에게 엄마는 고향이고, 슬프고 외로울 때 기댈 수 있는 언덕이다. 혹여 신이 존재하지 않더라도 엄마가 있어 살 만한 세상이 아니던가.

그런데 나는 주용이가 '엄마'라고 하는 말이 거북하였다. 아직 삼십도 안 된 젊은 나이였기 때문일 것이다. 거의 다 자란 중3 소년의 엄마라니, 주용이가 그럴 때마다 그냥 빙그레 웃어주었을 뿐이다. 더 가까이 가지도 않았고 더 살갑게 대해 주지도 않았다. 좀 불편해서 적절한 거리에서 적당히 친절했을 뿐이다.

학적계를 담당한 나는 학년 말에 하는 일 중에 하나가 전체 학생들의 생활기록부를 점검하는 일이다. 물론 담임 선생님이 잘 작성해 주시고 옆 반 담임 선생님과 교환하여 점검하시지만, 최종적으로 내가 살펴보고 결재를 받는다. 학교 규모에 따라 학적계 담당이 학년 별로 있는 경우도 있다.

주용이 반의 생활기록부를 들여다보다가 뜻밖의 사실을 알게 되었다. 주용이가 학교 근처의 보육원에 살고 있었던 것이다. 보육원에는 부모가 없거나, 부모가 있어도 사정상 기르기 어려워 맡겨 두는 아이들이 산다. 전혀 그늘이 없어 보였던 주용이가 보육원에 살고 있으리라고는 상상할 수 없었다. 나를 '엄마 같아요' 하던 마음이 충분히 이해가 되었다. 좀 더 살갑게 대하지 못한 것이 너무나 후회가 되었다. 그러나 이미 늦었다. 후회해도 돌이킬 수 없었다.

시간이 이렇게 많이 흘러갔어도 가끔 주용이 생각을 하게 된다.

25. 가가멜 교장 선생님

우리 학교 교장 선생님 별명이 '가가멜'이었다. 아이들이 붙여 준 별명이다. 분명히 유능한 부분이 있어 교장 선생님이 되었을 터인데, 아마도 아이들 눈에 심술궂어 보이는 데도 있었나 보다. 아이들뿐만 아니라 교사들이 보기에도 어딘가 심술쟁이 같은 데가 분명히 있긴 있었다.

그 학교에 전근 와서 나는 수업을 하고 담임도 맡고 학적계 일을 하고 있었다. 학적계 일이란 학생들의 전출입을 기록하고 반 배정을 하고 결재를 받는 일이다. 남부교육청에 속한 우리 학교는 규모도 크고 전출입도 많았다.

그날도 전입한 학생이 있어 학적 장부에 기록을 하고 결재를 받으러 교장실에 들어갔다. 교장 선생님 말씀이 내가 숫자 6을 꼬리를 너무 짧게 써서 0처럼 보인다나 뭐라나. 아무 말도 하고 싶지 않아 그냥 가만히 서 있었다.

다음날 직원 조회 시간에 교장 선생님이 이런다. 어느 선생님은 숫자를 정확하게 쓰지 않아서 6이 0처럼 보인다나 뭐라나. 내가 보기에는 별로 그렇지도 않았는데 그게 뭐 그리 심각한 문제라고 공개석상에서 저러시나 어이가 없었다. 첫 학교 교감 선생님은 내 글씨를 무척 좋아하셔서 내 글씨로 시집을 발간하면 바로 사 주시겠다 하셨는데, '살다 보니 별소리를 다 듣는다' 싶었다. 옆자리 선생님에게 속삭였다.

-저거 내 얘기야.

옆 선생님이 근심스러운 표정으로 말한다.

-해마다 교장 선생님에게 미운털이 박히는 선생님이 하나씩 있는데, 올해는 선생님인가 보다.

미운털은 곧 경상북도에서 전근 오신 한문 선생님에게로 옮겨가 나는 별 탈 없이 지낼 수 있었다. 그 선생님에게 왠지 좀 미안하다.

예를 들면 이런 일이 벌어진다. 모든 교사가 수업지도안을 작성하고 한 달에 한 번씩 결재를 받는데, 100명이 넘는 교사들의 한 달간의 수업지도안을 모두 꼼꼼히 살펴보기란 실제로 거의 불가능한 일이라 교장 선생님은 무작위로 몇몇 교사의 지도안을 자세히 살펴보기 마련이다. 그럴 때마다 저 한문 선생님의 지도안은 꼭 살펴보시고 부족한 점을 신랄하게, 모질게 지적하신다. 자세히 들여다보면 모두에게 부족한 점이 있기 마련이다. 어떻게 완벽하게 지도안을 작성할 수 있겠는가.

그런데 교육청에서 장학 지원을 나왔을 때 그 선생님은 장학사들로부터 수업을 아주 잘했다는 평가를 받았다. 상처가 조금 아물고 마음에 좀 보상이 되었을 수 있겠다.

지방에서 서울로 내신을 내서 전근을 오기란 무척 어려운 일이다. 빈자리가 있어야 하고 조건이 맞아야 하기 때문이다. 어렵게 서울로 입성한 그 선생님은 '서울에 도저히 적응이 안 된다' 하시며 다음 해에 다시 경상북도로 전근을 가셨다.

가가멜은 버섯 요정 애니메이션 〈개구쟁이 스머프〉에 나오는 심술쟁이다.

2부

살며, 사랑하며

(1989년~2000년)

26. 신설 학교

또 남녀공학 신설 공립학교로 전근을 왔다. 중학교의 경우 신설 학교에는 처음에 1학년만 배정을 하는데, 모범적인 환경에서 자란 학생들을 배정한다는 소문이 있다. 신설 학교는 교사들이 학교를 만들어가야 할 형편이라 해야 할 일이 무척 많기 때문에 학생들 문제로라도 걱정을 덜어주려 그런다는 소문이다. 문서로 확인해 볼 수는 없는 일이었다.

그래서 그런가. 학교에서 좀 떨어진 아파트에서 배정을 받아 온 학생이 많았다. 이제 초등학교를 갓 졸업한 아직 어린이라면 어린이인데, 버스를 두 번이나 갈아타고 와야 할 복잡한 등교 과정이 문제였다. 학교에서는 통학버스를 전세 내어 등하교를 도왔다. 버스를 함께 타고 등하교를 하다 보니 학생들 간에 우애도 더욱 돈독해졌다.

1학년만 있으니 학교 규모가 작고 선생님 수도 적고 모두 그해에 함께 온 처지이고 하다 보니 가족 같은 분위기다. 1학년이

선배에게 시달릴 일도 없다. 학생들과 행복하게 지내다 보니 무던하고 행복했던 그 시절에 일어난 일들은 그 뒤로 30여 년이 지난 지금도 여전히 행복하게 떠오른다. 마음속에 오래 품고 생각하는 소중한 학생들이다.

1학년 여학생반을 맡았었는데, 우리 반 반장 유선이는 활달하고 서글서글하고 키도 컸었다. 세월이 한참 흐른 뒤에도 유선이는 그 시절이 참 행복했었다고 기억해 주었다. 참으로 감사한 일이다. 내가 잊어버린 일들도 하나하나 잘 기억하고 있었다. 선생님들이 유선이를 괜히 '컴퓨터'라고 불렀던 게 아니다. 머리가 명석할 뿐만 아니라 기억력도 무척 좋았기 때문이다. 어느 선생님인가 '재는 용량 큰 컴퓨터 같아' 하셔서 모두들 유선이를 '컴퓨터'로 인증하였다.

공부를 잘하든 못하든, 조용한 성격이든 명랑하고 활발하든 상관없이 우리 반의 모든 아이들이 와글와글 재미있고 즐겁게, 사이좋게 지냈었다.

27. 교실에서 레슬링을 하는 아이들

2학년 남학생반을 맡게 되었다. 그날도 점심시간에 올라가 보았다. 아직 학교에 급식 제도가 없던 시절이니 도시락을 싸 와서 옹기종기 모여 앉아 점심을 먹는다. 급식보다 도시락이 좋은 점도 많다. 둘러앉아 각기 다른 반찬을 나누어 먹는 재미라든가.

그날은 점심 식사가 거의 끝났을 무렵에 올라가 보게 되었다.

책상을 교탁 쪽으로 조금씩 밀어놓고 교실 뒤쪽을 넓게 만들어 아이들이 둥글게 모여 있었다. 시골 장날, 씨름대회를 열었을 때처럼 겹겹이 빙 둘러 서 있다. 내가 교실 앞쪽 출입문을 열자마자 모든 아이들이 갯벌에서 사람 발자국 소리를 듣고 게들이 제 구멍으로 순식간에 사라지듯이 순식간에 자기 자리로 돌아가 앉는다.

교실 뒤편에는 두 아이가 버둥거리고 누워 있다. 레슬링을 하던 중인데, 둥글게 서 있던 아이들과는 달리 빨리 몸을 추스르지 못하고 내 앞에서 볼썽사납게 버둥거리고 있었다. 우습기도 하였지만, 돌바닥에서 저러다 매우 위험할 수도 있기에 염려가 되어,

-반장!~ 레슬링, 이런 거 말리지도 않고 뭐 하고 있는 건가!

하고 소리쳐 불렀다.

-반장이 심판인데요.

아이들이 이구동성으로 말한다.

중학교 남학생들과 살려면 매일매일 마음이 졸아든다. 어느 날은 유리창이 넉 장이나 깨져 휑하니 바람이 들어오기도 하고, 커튼이 쭉 찢겨 있기도 하고, 책상과 의자가 부서져 나동그라져 있기도 하고, 청소도구함에 빗자루가 몽땅 부러져 있기도 하고, 앞자리 친구가 30cm 자를 휘두르다 뒷자리 친구 눈두덩을 찢어 놓기도 하고, 급우들끼리 싸우다 코뼈를 부러뜨린 일도 있다.

어느 날은 천장에 실내화 자국이 다다닥 찍혀 있다. 천장으로 걸어 다녔을 리는 없고 신발을 벗어 던졌단 얘긴데, 왜 그런 짓을 하는지 도무지 이해가 가지 않는다. 신문지를 둘둘 말아 불을 붙이고 복도 이쪽 끝에서 저쪽 끝으로 올림픽 성화 봉송이라며 달려가질 않나. 매일 사건 사고가 끊이지 않는다. 저 성화 봉송 사건처럼 경우에 따라서는 엄히 다스려야 할 일도 생긴다.

담임은 참 할 일이 많다. 싸움이 벌어지면 누가 옳으니 그르니 심판도 해야 하고, 망가진 물건 목공실에 수선 맡기기 바쁘고, 누군가 다쳤다고 해서 놀라 양호실로 달려가는 일도 수시로 일어난다. 그래도 용케 큰 사고는 나지 않고 잘 지나갔으니 이것도 감사할 일이다.

28. 현중이의 꿈

우리 반 현중이는 이다음에 육군사관학교에 진학하는 것이 꿈이다. 육사는 특별한 학교이기에 왜 육사에 진학하고 싶어 하는가 물어보았다.

현중이의 아버지는 택시를 운전하는 기사이시다. 그런데 집안의 맏이였던, 현중이 큰아버지는 육사를 졸업하고 이제는 별을 단 장군이시다. 현중이가 볼 때 큰집 살림과 자기네 살림은 하늘과 땅처럼 차이가 많이 난다. 그래서 자기도 큰아버지처럼 육사에 입학하여 성공한 사람이 되고 싶단다.

육군사관학교 입학생 중에는 꼭 군인이 되고 싶어서 오는 학생들도 있지만, 입학금은 물론 수업료를 전부 면제받기 때문에, 총명하지만 집안이 어려운 경우에 육사를 선택하는 학생들도 많다.

예전에는 집안이 어려우면 맏아들에게만 특별히 공을 들이는 집들이 많았다. 한 핏줄 한 집안은 공동운명체라 생각하는 경향이 강했기 때문에, 형이 성공하여 집안 전체의 가장이 되어 동생들을 돌보기를 바라서다. 맏형만 대학에 보내고 나머지 자식들은 고등학교만 마친다든가, 심지어 맏형은 대학에 진학했으나 나머지 형제들은 초등학교만 졸업하는 경우도 있다.

현중이의 집안과 반대로 하는 집도 있다. 맏형이 희생하여 일찌감치 돈을 벌면서 동생들의 학비를 대는 것이다. 더군다나 맏이가 딸인 경우는 대부분 이런 방식을 택했다. 맏누나, 맏언니가 자신을 희생하는 것이다. 수많은 누나, 언니들이 초등학교만 졸업하고 서울로 올라와 공장에 취직하여 동생들의 학비를 고향으로 부치는 것이다.

그러나 어디 세상일이 생각대로 흘러가는가. 그렇게 생각했던 조부모 세대와 달리 세상은 급속도로 변하고 있었다. 형제는 공동운명체라는 생각이 희박해졌을 뿐만 아니라 농경사회와 달리 이제는 형제들이 사는 곳도 제각각이다. 자주 만나기도 어렵다. 맏형의 삶은 맏형의 삶대로 돌아가고 동생들의 삶은 형의 삶과 상관없이 따로 돌아간다. 형제를 위해 희생을 요구할 수 없는 시대가 되었다. 그리고 이제는 그것이 옳은 일이라는 생각이 든다.

29. 부장 선생님

우리 학교는 1, 2학년만 있는 개설된 지 2년 차인 학교인데다가 규모도 작은 편이어서 교사 수도 적었다. 모두 친밀하게 지내고 있었다. 학교는 일반회사와 달리 교장, 교감 선생님을 제외하면 상사의 개념이 거의 없다고 봐야 한다. 그냥 업무일 뿐이다. 교사들은 모두 평등한 관계다.

그런데 이해하기 어려운 선생님이 함께 근무하게 되었다. 부장을 맡고 계셨는데, 이분도 성품이 모나거나 악한 것은 아니고 뭔가 분별을 못 하셨다고 할까. 나도 연구부에서 업무를 처리하고 있었다. 이분, 늘 가사도우미를 두고 유복하게 사셔서 그런가, 이해하기 어려운 일이 일어났다.

어느 날, 점심시간이었다. 아직 교사 식당도 없고 학교 학생들에게 급식을 제공하는 시절도 아니었다. 교사들도 도시락을 싸오거나 가까운 음식점에 주문을 해 점심을 해결해야 했다.

-선생님, 교장 선생님 점심 뭘 드실 건지 물어봐 주세요.

'뭐지? 내게 하는 소리인가.' 건너다보았다. 나를 보고 다시 한 번 저 말을 반복한다. '아니, 교장 선생님이 점심으로 뭘 드실지 그렇게 궁금하고 도와드리고 싶으면 자기가 가서 물어볼 일이지 나한테 왜? 이게 내가 이 부서에서 해야 할 업무에 해당하는가?'

바로 뭐라 하기도 그래서 마음속으로 '이번 한 번만 들어 주자. 또 이런 일을 시키면 옳은 소리를 해야겠다.' 생각하면서 교장실 문을 열고 들어가 점심을 뭘 드실 생각인가 묻고, 그 선생님에게 알려주니, 중국집에 주문을 한다.

며칠 뒤에 또 이런다.

-선생님, 2학년 3반에 가셔서 영희 좀 불러주세요.

어이가 없었다. 이번에는 들어줄 수 없었다. 빈방에서 좀 따로 보자고 했다. 그리고 뭐가 잘못된 건지 차근차근 설명하였다. 나는 선생님 댁의 가사도우미가 아니라고.

그 선생님이 이해하셨는지 아닌지는 잘 모르겠다. 그 선생님은 얼굴이 조금 붉어지셨고, 다시는 내게 저런 어처구니없는 요구를 하지 않으셨으니, 나로서는 문제를 해결한 셈이었다.

30. 자유를 위한 변명

그 시절 몸과 마음이 참 힘들었다. 남편은 다른 지방에서 근무하고 주중에 한 번, 주말에 한 번, 또는 주말에만 다녀가는데, 딸과 아들은 어려서 손이 많이 가고, 가사 및 육아 도우미 할머니는 갑자기 못 오신다고 하니, 급히 도우미 할머니를 구할 수도 없어 딸아이는 열쇠목걸이를 하고 초등학교에 다니고, 아들아이는 유치원 종일반에 둘 수밖에 없었다.

첫날 종일반에 놓아두었을 때 아들아이는 그 상황을 이해하지 못하니, 엄마가 다시는 오지 않으면 어쩌나 무척 걱정이 되었을 것이다. 퇴근하며 데리러 가니 아들은 하루종일 울다 지쳐서 조그만 자기 의자 아래 들어가 있었다. 엄마를 보고도 반길 기력이 없어 퉁퉁 부은 눈으로 바라볼 뿐이다.

지금도 딸과 아들아이의 어렸을 때를 생각하면 마음이 아프다.

아침이면 딸아이 등교 준비, 나 출근 준비하며, 아들아이 씻기고 먹이고 입히고, 정신을 차릴 수 없을 정도로 바쁘다. 하도 몸을 이리저리 바삐 움직여 허리가 아플 지경이었다. 그래서 1교시 수업이 비어 있는 날이 가장 좋았다. 아침 자습 지도와 조회를 마치고 교무실에 내려와 한숨 돌리고 커피도 한 잔 마시며 수업 준비도 하고 그날 해야 할 일도 차근히 점검할 수 있기 때문이다.

그러면서 인생에 회의가 들었다. 왜 이렇게 살아야 하는가. 어디서부터 무엇이 잘못된 것일까.

어느 날, 교무실에서 선생님들을 돕는 조교 선생님이 내게 홍신자의 책 《자유를 위한 변명》을 선물로 준다. 홍신자는 나보다 나이가 17살 많은 현대무용가다. 《자유를 위한 변명》은 홍신자 자신이 대학을 졸업하고 무작정 미국으로 떠나, 어떻게 현대무용에 입문하게 되었으며 어떻게 살아왔는가를 기록한 자서전적인 글이다.

지난해에 우연히 조교 선생님의 생일을 알게 되어 장미꽃 한 송이를 선물했었는데, 아마도 그에 대한 보답이리라.

홍신자의 글을 읽으며 여러 생각이 오고 갔다. 그는 무용하는 발을 보호하기 위해 항상 실제 발 사이즈보다 약간 큰 신발을 신는다고 한다. 물론 무용하는 발이라 그렇게 했겠지만, 하필 그때 나는 좀 작은 구두를 단지 디자인이 무척 예쁘다는 이유 하나로 구입하여, 억지로 신고 다니며 내 발가락을 괴롭히고 있었다. 내가 좀 더 심미적인 사람이라고 위로해야만 했을까. 여러모로 홍신자와 나는 그릇의 크기가 다르다는 생각이 들었다. 그가 사발이라면 나는 간장종지 정도 될까.

그의 삶의 궤적을 들여다보며 문득 내 삶은 모조리 내 선택의 결과라는 생각이 들었다. 대한민국 땅에 똑같이 여자로 태어나서 그는 그렇게 살고, 내가 이렇게 사는 것은 오로지 내 선택의 결과가 아니고 무엇이겠는가. 이것은 내게 중요한 깨달음이었다.

결혼도 나의 선택이었고, 아이를 둘 낳아 기르는 것도 나의 선택이며, 직업을 버리지 못하는 것도 나의 선택이었다. 그렇게 생각하니 삶의 무게가 가벼워졌다. 누구를 원망할 일도 없었다. 마음도 편해졌다.

31. 등기 우편물

이런 일도 있었다. 어느 겨울방학이었다. 그날 마침 내가 당직이어서 학교에 나가 행정실에서 근무하고 있었다. 아무도 없는 학교는 조용했다. 그해는 2학기말 고사를 방학 전과 개학 후로 나누어 치르기로 해서, 개학 후에 시험을 보기로 결정된 국어 과목의 시험 문제를 출제하고 있었다.

우체부가 다녀갔다. 우편물을 한아름 안고 왔는데, 그 중에 등기물도 하나 섞여 있었다. 관습대로 내가 도장을 찍고 받아서 우편물 보관함에 넣어두었다. 나는 시험 문제 출제에 열중하고 있었기 때문에 그 등기물이 무엇인지에 관해서도 별 관심이 없었다. 그렇게 해 두면 선생님들이 행정실에 들러 자기에게 온 우편물을 가져가는 것이 관습이었기 때문에 그러려니 했을 뿐이다.

나중에 알고 보니 그것은 은행에서 어느 선생님에게 발급한 신용카드였다. 등기물이 무엇인지 우체부에게 확인하고 그 선생님에게 전화로라도 알려주었으면 좋았을 뻔했다.

그런데 방학 중인데 왜 수령지를 학교로 했을까. 지금도 조금 이상하긴 하다.

개학하고도 석 달이 지난 뒤에 사달이 났다. 나에게, 그 신용카드를 누가 가져가서 무단으로 사용했으니, 카드 사용료를 물어내라는 내용증명이 왔다. 신용카드를 수령해야 할 선생님은 마음에 병이 들어서 개학 직후에 병가를 내고 없었다. 그래서 누가 최초에 그 등기물을 받았는가를 추적하니 '나'라는 것이다. 내가 그 신용카드를 무단으로 사용했을 가능성이 있다는 것이다.

가슴이 두근거려 그날 밤 잠을 잘 수 없었다. 간이 콩알만 해졌다. 도대체 이게 무슨 황당한 일인가. 카드를 가져간 적 없으니, 사용하지도 않은 석달치 카드값을 절대 물어낼 수는 없었다.

나는 평소 우리 학교에서 우편물을 관리하는 대로 처신했기 때문에 절차상의 잘못은 없었다. 다만 그 카드를 사용했을 개연성이 높은 사람으로 은행으로부터 의심을 받는 것이다. 말도 안 되는 일이다. 세상에 어느 어리석은 사람이 도장을 찍고 남의 등기물을 받은 후 그 카드를 사용하겠는가. 물론 학교에 나를 의심하는 사람은 아무도 없었다.

법을 잘 아는 사람에게 문의하니 이것은 학교와 은행 사이의 문제라고 한다. 재판까지 간다 해도 승률은 반반이라고.

다행히 은행에서 자체 처리했는지 저 내용증명은 6개월마다 한 번씩 몇 번 더 온 후 흐지부지되었다. 그러나 내용증명이 올 때마다 그날 밤에 나는 잠을 설쳤다. 도장은 함부로 찍을 일이 아니다.

32. 배철수의 크리스마스카드

그 겨울에 행복한 일도 있었다. 배철수로부터 크리스마스카드가 온 것이다. 배철수는 지금도 TV에서 음악프로그램을 진행하는 유명한 MC이자 가수다.

'웬일인가? 내가 배철수를 알지언정 배철수가 나를 어찌 안다고? 게다가 크리스마스카드까지?' 이해할 수 없는 일이 일어났지만 아주 행복한 마음으로 카드를 열어보았다. 학부형이었다. 내 마음은 더 행복해졌다. 담임 역할을 잘한 것도 아니었는데, 담임에게 감사하다고 우리 반 연희의 아버님이 보내온 카드였다.

학생들에게는 종종 크리스마스카드를 받았었고, 학부모님에게 상담 편지를 받은 적은 있지만, 카드를 받은 것은 그때가 처음이었고 아마도 마지막이었을 것이다.

생활기록부도 들여다보고, 가정환경조사서도 제출받지만, 학부모의 이름은 거의 기억하지 못한다. 기억하고 불러주어야 할 학생들이 수백 명인데 어떻게 학부모 이름까지 기억할 수 있단 말인가. 아무리 연희가 모범생이었다 해도, 아버님 이름이 특별했다 해도, 마찬가지다.

'철수'라는 이름은 옛날 초등학교 교과서에 강아지와 영희와 함께 등장하던 국민 대표 이름이다. 국민 대표 이름이다 보니 오히려 실제 자신의 이름으로 갖고 있는 사람은 드물다.

수업 중에 또는 아무개의 이름을 임시로 써야 할 때 '철수'는 '홍길동'처럼 자주 사용되는 이름이다. 나도 몇 달 전에 수업하면서 이 이름을 사용한 적이 있었다. 편지 봉투에 보내는 사람, 받는 사람을 기록하는 방법을 간단히 설명하면서, 부모님 이름을 써야 할 부분에 '무어라 예를 들어 써 볼까.' 잠깐 생각하다가 연희와 눈이 마주쳤다. 그래서 보내는 사람을 배연희, 받는 사람을 '배철수'로 칠판에 적었다. 국민 대표 이름을 사용했을 뿐이었다. 몇몇 아이들이 까르르 웃었는데 왜 그런지 그때는 몰랐었다.

지금도 그날 받은 크리스마스카드를 떠올리면 재미있다. 솜사탕 같은 행복이 피어오른다.

33. 어물전

새로 전학 온 진우는 얼굴빛이 유난히 희었다.

이상하게 전학을 온 학생은 얼굴빛이 좀 다르다. 더 희거나 더 검다. 물론 타고난 살빛이 다 다른 법이지만 살던 곳의 바람이나 햇빛, 온도도 조금은 다르고 사는 방식도 약간은 다르기 때문일까. 그래서 교실에 다 함께 앉아 있으면 좀 도드라진다. 그런데 또 이상하게도 몇 달 섞여 지내면 그 도드라짐이 사라지고 은은하게 스며든다. 교실에 있는 60여 명 학생의 얼굴빛은 제각기 다른 법인데, 조금씩 다르면서도 전체적으로 어우러져 수묵화의 번짐처럼 자연스러워진다.

진우는 서울의 8학군이라는, 학부모 특히 어머니들의 교육열이 대단하다는 지역에서 전학을 왔다. 아버지는 의사이시다. 그런데 진우는 도통 공부에 관심이 없다. 아마도 그래서 좀 마음 편히 지내라고 그 교육열이 치열하다는 지역을 살짝 피해서 전학을 왔는지도 모르겠다. 아무튼 진우는 별다른 어려움을 겪지 않고 조용히 아이들과 섞여 학교생활을 원만히 하였다. 어느새 살빛도 비슷해졌다. 다행이다.

그 후 몇 년이 지났을까. 정확히 헤아려보지는 않았다. 집 근처에 미도파 백화점이 있어, 남편과 함께 지하 식료품점에 장을 보러 갔다. 어물전에 들러 이것저것 구경하다가 오징어 두 마리를 골랐다. 손질해 달라고 뒤에 서 있는 총각에게 내밀었더니 '어라, 진우였다.' 옛날 성품 그대로 조용히 서서 우리를 바라보고만 있었던 게다. 아직 어물전 주인이 될 나이는 아닌데 싶어,

-어! 진우 아니냐? 여기서 뭐하고 있니?

-아르바이트하고 있어요.

그러면서 수줍은 얼굴로 오징어 한 마리를 덤으로 담아준다.

오징어 두 마리 값으로 세 마리를 가져오며 우리는 무척 흐뭇해하였다. 진우가 옛날 담임에 대한 애정을 오징어 한 마리로 표현한 것 같아서 행복하기까지 하였다. 사랑받으면 행복하지 않은가. 그러면서 좀 걱정도 하였다. '저 오징어, 진우 것이 아니라 어물전 주인 것일 텐데 이렇게 인심 써도 괜찮을까?'

34. 참새 방앗간

사정이 생겨 인천 친정에서 서울 북쪽 끝 창동으로 한 달 간 출근을 하게 되었다. 어둑어둑한 새벽에 일어나 1호선 전철을 타고 가다가 동대문에서 4호선으로 갈아타고 창동역까지 온다. 단지 한 달만 하면 되니까 충분히 해낼 수 있다고 생각했는데 여간 피곤한 게 아니었다. 퇴근하고 부랴부랴 가면 또 어둑어둑해진다.

그날도 퇴근하자마자 앞만 보며 열심히 창동역을 향해 걷고 있었다. 그런데 누군가 자전거 페달을 급히 밟으며 나를 향해 오고 있었다. 자전거 뒤에는 배달용 철가방도 실려 있는데 왜 나를 향해 저렇게 달려오는 것일까.

-아! 너 김은우구나.

자전거가 내 앞에 멈추자마자 나는 그 애를 알아보았다. 첫 학교에서 만났으니 13년 전이고 그 이후 한 번도 본 적이 없는데 보자마자 기억의 심연에서 이름이 불쑥 떠올랐다. 제법 어른의 모습이다. 멀리서 나를 알아보았다니 눈썰미도 좋다. 이름이 떠올라서 속으로 '다행이다' 싶었다. 이렇게 길에서 보다니, 참 반가

웠다. 첫 학교는 남부교육청 소속이고 여기는 북쪽인데,

-선생님, 안녕하셨어요? 참 오랜만에 뵙네요.

-은우야, 반갑구나. 그런데 어디 가는 중?

-저 '참새 방앗간' 주인이에요. 배달도 하고요. 지금 비빔국수 배달 중인데 선생님을 멀리서 보고 달려왔어요.

-잘했네. 결혼도 했고? 아이는?

-네, 몇 달 뒤에 아내가 아이를 낳아요. 아버지가 되는 거지요.

몇 마디 더 이야기를 나누고 헤어질 수밖에 없었다. 은우는 비빔국수를 배달 중인데 불어터지면 안 되니까 가던 길을 속히 가야 했다. '참새 방앗간' 주인이라니 기쁘다. 아르바이트나 점원으로 있는 것이 아니고 버젓이 가게를 차렸다니 뭔가 안심이 되면서 새록새록 기쁘다.

'참새 방앗간'은 김밥도 팔고 비빔국수도 파는 소박한 분식집이다. 우리 가족도, 물론 은우네 '참새 방앗간'은 아니고 우리 집 근처의 '참새 방앗간'에 가끔 김밥이나 비빔국수를 먹으러 갔었다.

35. 그리운 연주

그해에 나는 담임을 할 형편이 아니었다. 더군다나 3학년 담임은 할 수 없는 형편이었다. 작은아이를 돌보시던 도우미 할머니가 갑자기 그만두시고, 아이는 유치원 종일반에 갈 수밖에 없었다. 우리 나이 5살, 유치원 문 여는 시간에 맞추어 등원해야 해서, 엄마인 나도 우리 반 아이들 아침 자습시간에 들어가 볼 수 없기 때문이다.

그런데 학교 사정도 어쩔 수 없었나 보다. 교감 선생님께 담임 배정에서 제외해 달라고 부탁을 드렸는데도, 3학년 여학생반 담임이 되었다. 3학년 담임이면서 아침 자습시간에 들어가 정숙히 공부하도록 지도를 할 수 없으니, 3, 4월은 스트레스가 참 많았다. 그 스트레스를 견디기가 너무 힘들어, 5월에는 마음을 바꾸었다. '스트레스받는다고 해결될 일도 아니고, 내가 일찍 못 가는 날은 연주가 잘하고 있겠지, 그냥 올해는 이렇게 지내야겠다.'

거짓말처럼 스트레스가 사라졌다. 그리고 나는 그렇게 얼굴과 마음을 두껍게 하고 그해를 보냈다.

우리 반 반장 연주가 수고를 많이 하였다. 그래서 오래도록 연주를 잊지 못한다. 참 반장 이야기를 많이 하게 된다. 반장은 담임과 학생들 사이에서 여러 가지 해야 할 일이 많기 때문에, 내가 감사해야 할 일도 많았구나.

가을 체육대회 날이었다. 하필 그날은 서울대학교 부속 아동병원에 예약이 되어 있었다. 우리 아이도 종일반에 다니는 것이 스트레스였는지 2학기가 되자 병이 났다. 지금은 지나간 한때의 일이 되었지만, 당시에는 퍽 마음 졸이며 살았었다.

그 병원은 종로 5가에 있으니 우리 학교에서 꽤 멀다. 하루 결근을 할 수밖에 없었다. '체육대회인데 우리 반 아이들이 담임도 없이 의기소침해 있는 건 아닐까.' 염려가 되었는데, 다음 날 우리 반이 '응원상'을 받았다는 소식을 들었다. 세상에 이런 일도 있구나. 연주와 아이들이 얼마나 애를 썼을까 하는 생각에 가슴이 뭉클했다.

졸업을 하고 어느 해 연주가 편지를 보내왔다. '선생님이 인생은 양파 같은 거다 하셨는데 그 말씀을 가슴에 새기고 있노라고.' 나는 그 말을 했었는지 어쨌는지 잊었지만, 맞는 말이다. 매 순간을 소중히 여기고 매 순간 열심히 살라는 말인데, 연주가 긍정적으로 해석하고 있다니 참으로 다행한 일이다.

36. 수정이의 속 깊은 마음

우리 반 수정이는 늘 침착하고 조용하게 행동한다. 얼굴빛도 밝다. 공부도 열심히 한다. 그런대로 성적도 우수한 편이다. 몸과 마음이 건강하게 잘 자랐다. 그러나 알고 보면 마음에 구멍이 하나 뚫린 아이였다. 수정이가 서너 살 때 부모가 이혼을 하고, 둘 다 수정이를 '나 몰라라' 팽개치고 각자 제 갈 길을 가버렸기 때문이다. 그 부모를 만난다든가 하는 일도 없는 듯했다.

가엾은 수정이를 큰이모가 거두어 길렀다. 이모댁에는 수정이보다 나이가 많은 언니, 또 나이가 적은 동생도 있었다. 이모의 큰 아량과 사랑 속에서 그만큼 자랐으니 참으로 다행스러운 일이었다. 이모네 살림은 그리 넉넉하지는 않아도 아끼면서 검소하게 그럭저럭 살아갈 만한 정도였다.

수정이가 상업고등학교에 진학하겠다고 고집한다. 3학년이 되면, 학기 초에 한번 서면으로 진학에 관한 희망사항을 부모 및 보호자로부터 받는다. 부모의 희망과 학생의 희망이 일치할 때도 있고, 일치하지 않을 때도 있다.

고등학교는 크게 인문계와 비인문계로 나눌 수 있다. 인문계에는 일반인문계, 과학고등학교, 외국어고등학교, 민족사관고등학교 등이 있고, 비인문계에는 상업고등학교, 공업고등학교, 그 밖에 요리고등학교, 애니메이션고등학교, 디자인고등학교 등의 특수학교도 있다.

지금은 상업계, 공업계 고등학교가 마이스터고라든가 디지털고등학교라든가 명칭이 많이 바뀌어서, 이미 여러 해 전에 학교를 떠난 나로서는 이제는 그 종류와 교육과정들을 자세히 구분하지 못 한다.

수정이는 상업고등학교에 진학하고 싶다 하였으나, 이모와 이모부는 인문계 고등학교 진학 희망란에 도장을 찍어 보내셨다. 일단은 서면으로 1차 조사서를 받은 후, 수정이처럼 보호자와 생각이 다른 몇몇 학생들과만 진학상담을 하게 된다. 우선 무엇 때문에 부모님과 다른 생각을 하는지 알아야 하기 때문이다.

수정이 생각에는 그동안 이모에게 입은 은혜가 크고, 이모네도 그리 넉넉한 형편이 아닌 데다가, 이모네 친자식도 셋이나 되니, 자기가 인문계 진학을 하는 것은 아무래도 바람직한 일이 아닌 것 같다고 한다. 인문계로 진학한다는 것은 대학 진학을 염두에 두는 것이기 때문이다. 상업고등학교를 나와 경제적으로 독립을 하고 이모에게도 경제적인 도움을 조금이라도 드리고 싶단다. 공부를 더 해야 할지는 나중에 생각해 보겠다고.

내가 중학교에 입학한 후 얼마 뒤에 나는 우리 집 다락방에서 《현대문학》 수십 권을 발견하였다. 계간 문학 잡지였던 것 같은데 아버지가 구독하셨던 것을 둘 데가 없으니 컴컴한 다락방에 쌓아두셨나 보다. 기거할 수는 없는, 창고와 같은 어두운 다락방이었는데 어쩌다 내가 거길 올라가 보게 되었다. 호기심이었다.

초등학교 때 만화책과 동화책을 무척 좋아했는데, 중학교에 들어가니 더 이상 읽을거리가 없어 다락방이라도 뒤져보았다. 나중에는 학교도서관도 이용할 줄 알게 되었다.

매일매일 《현대문학》을 꺼내다가 시와 소설을 읽었다. 가난하여 남의 감자밭에 가서 감자를 훔치다 몸을 팔게 되는 김동인의 〈감자〉라든가, 병원에 갈 돈이 없어 속절없이 아내가 죽어간 현진건의 〈운수 좋은 날〉 같은 소설 속에서 아녀자들은 불행한 삶을 견디고 있었다. 남편이나 시댁 식구들이 폭언을 하고, 폭력을 가해도 참고 견디고, 많은 남자들이 첩을 두거나 바람을 피워도 아무 소리 하지 못하고 살고 있었다.

그 시대에는 대부분의 여자들에게 경제적으로 독립하는 일이란 거의 불가능했기 때문이 아닌가 여겨졌다. 경제적인 능력이 있어야 자유를 누릴 수 있다는 깨달음이 왔다.

그 이후 나는 반드시 직업을 가져야겠다는 생각을 하게 되었다. 아직도 많은 사람들이 여자는 직업을 가질 게 아니라 좋은 곳으로 시집을 잘 가서 '현모양처'가 되는 것이 바람직한 삶이라고 여기고 있었다. 그렇지만 나는 경제적인 독립이 무엇보다 중요하다고 생각한다.

일찌감치 경제적인 독립을 하고자 하는 수정이의 마음도 충분히 이해할 수 있었다.

마침내 고등학교 입학원서를 써야 할 때가 되었다. 수정이의 이모님께 전화를 하여 진학상담을 하였다. 이모는 여전히 인문계 고등학교 진학을 원하셨다. 학교로 내방하시기를 청하여 진솔하게 여러 이야기를 해 볼 필요가 있었다.

수정이 이모님과 이런저런 이야기를 나누었다. 세상 살아가는 이야기며, 이모 슬하에 둔 자식 이야기며 등등.

내가 내린 결론은 이러했다.

'넉넉한 형편이 아닌 이모님 입장에서는 수정이가 상업고등학교에 진학하고 싶다면 그것도 괜찮은 선택이라고 생각하나 사람들 이목이 신경 쓰인다.'

충분히 그럴 수 있다. 그러나 이모님이 정확하게 마음을 표현

하신 것은 아니다. 나의 짐작이다. 이모님에게 명분을 드리기로 마음먹었다. '수정이가 상업고등학교에 진학하는 것도 상당히 괜찮은 일'이라고 끈기 있게 설득하고 권하였다.

수정이는 상업고등학교에 진학하였다. 합리적으로 생각하고, 이모님의 은혜에도 깊이 감사할 줄 아는 아이였으니, 제 앞가림을 하면서 잘살고 있을 것이다. 솜털처럼 부드럽고 봄볕처럼 따뜻한 사람도 만나 마음에 어쩔 수 없이 뚫어져 있던 구멍도 메우고 행복하게 살고 있기 바란다.

37. 상계동의 슈바이처

상계동 마들평야에 대단위 주공아파트와 민간아파트가 세워져서 이제는 그럭저럭 살림을 꾸려가는 서민들이 많이 살고 있지만, 원래 상계동은 그 전체가 가난한 마을이었다. 아직도 아파트 단지를 벗어나 깊이 들어가면 매우 허름한 집에서 고생스럽게 사시는 분들이 많다.

나는 상계동의 아파트 단지에서 한동안 살았다. 내가 살고 있던 그 상계동에는 '상계동 슈바이처'라고 불리는 나이 많은 의사 선생님이 계셨다.

의사 선생님의 나이가 상당히 많은 것으로 보아 아주 오래전부터 이곳에서 무료 진료를 하셨던 것 같았다. 지금은 아파트 단지 안에 병원이 있지만, 가난하여 병원비를 내기 곤란한 사람들은 여전히 무료로 또는 약값 정도 받으면서 치료를 해 주신다. 그래서 '상계동 슈바이처'로 불리는 것이다.

나도 감기라든가 몸이 아팠을 때 가끔 그 병원에 갔었다. 물론 나는 치료비를 낸다. 그런데 그 의사 선생님의 표정이 대체로 밝지가 않았다. '오랜 시간 같은 일에 종사하다 보니 피로감이 쌓였나 보다' 짐작했을 뿐이다. 무표정한 얼굴에 약간 어둡기까지 하다.

어느 날 감기몸살이었던가, 일찍 퇴근하여 그 병원에 들렀다. 마침 내게 축농증 증상도 있는 것 같아 몇 가지 검사를 받았다. 점심을 먹었느냐고 묻기에 12시에 학교에서 먹었다고 했더니, 위 속이 완전히 비어 점심을 먹지 않은 줄 알았다고 하시며, 학교 선생이냐고 묻는다.

교사인 줄 알고는 갑자기 목소리가 맑아지고 얼굴이 환해지신다. 그 사소한 변화에 내 마음에 여러 가지 생각이 오고 갔다.

사람은 참 복잡한 존재다. 무료로 혜택을 받으면 항상 고맙게 여겨야 하는데 꼭 그렇지는 않다. 잘해 주다 보면 그 대접이 자기 권리인 줄 아는 사람도 있다. 아마도 의사 선생님 생각과 달리 몰상식한 사람도 많이 만났을 것이다. 그래서 환자들을 대할 때 감정을 드러내지 않고 그렇게 무표정하셨나 하는 생각이 들었다.

'교사라고 하니까 그런대로 소통이 되는 사람, 몰상식한 사람은 아닐 거라는 마음이 드셨는가' 그래서 자신도 모르게 환한, 반가운 표정이 된 것 같았다.

어디선가 들은 말이 생각났다. '인류라는 추상적인 대상은 사랑하기 쉬운데, 인간 개개인을 사랑하는 것은 너무나 힘들다.'

38. 줄다리기

우리 반 동연이는 몸집이 몹시 크다. 친구들 두 배는 되어 보인다. 키는 170cm 정도였지만 아마도 몸무게는 80kg이 넘을 것 같았다. 몸집이 커도 성격은 온순한 편이라 친구들에게 위협적이지는 않다. 그런데 동연이가 어느 날 아침 교실에서 혼절을 하였다. 학급 아이들이 매우 놀라 우왕좌왕하면서 어쩔 줄 몰라 했다.

아이들이 놀라 내게 달려왔을 때 나도 가슴을 두근거리며 교실로 달려 올라갔다. 아픈 아이 이마의 땀도 닦아주고 편하게 눕힌 다음, 일단 양호실로 옮겨야 하는데 아이들과 내 힘으로는 부족하였다. 옆 반 남자 선생님까지 달려오셨다.

양호 선생님이 치료받을 수 있도록 병원을 알선해 주시고, 잘 치료받으면서 다시 그런 일은 없었지만 가끔씩 엉뚱한 행동을 했다. 그래도 큰 문제 없이 학교에 잘 다니고 있었다.

가을 체육대회 날이다. 우리 반은 줄다리기에서 결승전에 진출하였다. 체육대회 날이 되기 전에 축구, 배구, 피구, 줄다리기 등, 반 대항 토너먼트를 벌여 종목별로 결승전에 진출할 반이 정해진다. 전교생은 50m 달리기, 이어달리기, 장애물 경주, 오자미 터트리기, 발목 묶고 달리기 등에 참여한다.

결승전에 진출하는 것은 아이들에게 대단한 영광이고 기쁨이다. 모두 아침부터 들떠 있다. 더구나 우리 반에는 커다란 불곰 닮은 동연이가 있어 우승은 보나마나라고 다들 미리 즐거워하고 있었다. 그런데 동연이가 보이지 않는다. 하필 오늘 결석이다. 연락도 되지 않는다. 줄다리기 결승이 시작될 때까지 아이들은 초조하게 동연이가 나타나길 기다렸다.

줄다리기는 양쪽 반의 인원을 맞추어야 하기 때문에 우리 반 인원이 하나 줄면 상대 쪽 반도 한 명을 줄여야 한다. 동연이와 비교하자면 조그마한 강아지 정도라 해야 할까. 상대 반은 가장 작은 아이를 하나 줄이고 결승에 나섰다. 힘의 균형이 깨졌다. 우리 반이 지고 말았다. 아이들은 '동연이 도대체 뭐냐. 이럴 때라도 도움이 되어야지. 도대체 도움이 안 되네' 하면서 몹시 분해하였다.

상대 반 담임은 수학 담당의 남자 선생님이었다.

-내가 동연이더러 체육대회 날 결석하면 빵 사준다고 농담했더니 정말 결석했네.

어처구니가 없었다. 농담이라지만 어째 저런 말씀을 하셨단 말씀인가. 무척 속이 상했다.

동연이는 아이들 간식 먹는 시간에 어슬렁어슬렁 나타났다. 아이들이 화가 나서 동연이를 향해 와글와글 떠든다. 학교에서는 간식으로 소보로빵과 단팥빵, 음료수를 나눠주었는데, 동연이는 몇 개 남은 빵을 자기에게 더 달라고 조르기까지 한다. 뒤통수라도 한 대 후려치고 싶은 심정이었지만, 그 마음을 억누르고 빵을 하나 더 주고 말았다.

'그래, 빵이 그렇게도 먹고 싶더냐.'

39. 우리의 인생

1994년 5월이었다. 미국 대통령 존 F. 케네디의 미망인이고, 나이 많은 그리스의 선박왕 오나시스와 재혼한 재클린이 사망하였다. 향년 64세였다. 죽음을 맞이하기엔 젊다면 젊은 나이다. 그날은 그 뉴스가 하루종일 화제였다. 일간신문의 제목은 이러했다. '모든 것을 가졌으나 사랑받지 못하여 불행했던 여인, 재클린' 정말 그런가. 사랑받지 못한 일생이었는가.

재혼한 오나시스의 연인은 원래 세계적인 소프라노 가수 마리아 칼라스였다. 오랜 시간 그와 연인 관계였던 칼라스는 언젠가 결혼을 하게 된다면 오나시스와 하게 되리라 생각했다고 한다. 그런데 그가 뜬금없이 재클린과 연인이 되고 결혼을 하는 바람에 큰 충격을 받은 칼라스는 목청을 잃고 더 이상 노래를 할 수 없게 되었다는 이야기도 있다. 얼마나 큰 충격을 받으면 목청을 잃게 되는 건지, 혹은 실명을 하기도 한다는데, 그 마음을 가늠하기는 어렵다. 칼라스는 그 후 은둔에 가까운 생활을 하다가 오나시스가 1975년에 69세로 세상을 떠난 후 자신도 시름시름 살다가 곧

생을 마감한다. 54세였다. 순애보다.

점심시간에 식당에 모인 여선생님들은 재클린의 죽음을 이야기하다가 여자의 일생을 화제로 삼게 되었다. 그러다가 어느 선생님이 신세 한탄을 한다.

-학교에서 이렇게 하루종일 일에 시달리다가 집에 가면 또 나만 무수리야. 식구들은 모두 왕이고, 왕자, 공주인데, 나는 무수리야.

그 무렵에는 직업을 가졌더라도 여자가 집안일을 도맡아 하는 경우가 많았다. 집안일은 어떤 경우에도 여자의 일이라는 인식이 지배적인 사회였다. 그리고 그때는 대학을 나온 여자들도 대부분 전업주부였다. 그러니 여선생님들은 고된 일을 마치고 퇴근해도, 저녁하랴 식구들 돌보랴 쉴 틈이 없었다. 자조적으로 자신을 무수리로 칭하는 것이었다.

-내 인생은 도대체 어디로 갔나.

-그러게.

모두들 이구동성으로 처연하게 그 말을 받는다.

문득 사회 선생님이 끼어들었다.

-네 인생, 내 인생이 어디 따로 있어. 이게 내 인생이지.

위로도 되고 깨달음도 주는 일리 있는 말씀이다. 그러나 다들 좀 쓸쓸해졌다. 모두 말을 삼가고 묵묵히 식사를 한다.

40. 사춘기

3학년 7반은 동물농장이다. 남학생만으로 이루어진 반인데 온갖 동물이 모여 산다. 본명이 아니고 별명이다. 메뚜기, 갈매기, 오랑우탄, 황소, 개구리, 너구리, 물소 등 포유류, 조류, 종류 가리지 않고 온갖 동물이 모여 있다. 시끌벅적하고 흥겨운 반이다.

나는 동물농장 옆에 있는 여학생반의 담임이었다. 우리 반에는 별명으로 불리는 아이는 없었다. 그러나 소소히 학교 규범이라든가, 상식에 어긋나는 행동을 하는 학생이 많은 편이었다. 어떻게 생각하면 그럴 나이이기도 하다. 청소년 심리학에서는 '질풍노도의 시기'라고도 하지 않았는가.

어느 날 동물농장 반에 수업을 들어가니 한 학생이,

-선생님 반에는 날라리가 너무 많아요.

한다.

-그런 게 아냐, 우리 반 아이들이 개성이 강해서 그런 거야.

-개성이 강해서 그렇다고요?

모두 박장대소를 한다. 그러거나 말거나 수업을 진행하였다.

학기 초에 좀 어렵긴 했다. 지각을 자주 하는 학생이 많고, 점심시간에도 제자리에서, 또는 옹기종기 모여 식사를 해야 하는데, 체육복으로 갈아입고 교실 뒤편 바닥에 우르르 몰려 앉아 밥을 먹는다든지, 교복도 다른 반 아이들과 달리 치마를 바짝 줄여 입는다든지, 수업 중에 반항적인 대답을 한다든지, 그러나 사소한 일탈일 뿐 큰 문제를 일으키는 것은 아니었다. 7반 남학생들이 동물농장을 이루어 아우성치며 살아가는 것이나 마찬가지로 사춘기를 좀 거칠게 지나가는 것이었을 뿐이다.

41. 내성적인 성품

남자아이들은 쉬는 시간에는 모두들 떠들고 뛰어다니고 야단법석을 한다. 일부 아이들은 그 짧은 시간에 운동장으로 달려나가 공을 차다 오기도 한다.

그런데 준연이는 자기 자리에 앉아 늘 책을 읽고 있다. 어느 날은 영어로 된 두꺼운 책을 읽고 있다. 소설인지 또는 다른 종류의 책인지 물어보지 않아 알 수는 없었다. 당연히 사전의 도움도 받지만 '이제 겨우 중학교 2학년인데 벌써 저렇게 깨알 같이 박힌 영어를 읽을 줄 아는구나' 하는 생각에 그저 신통했다.

다른 아이들과 많이 다르긴 해도 전혀 걱정은 하지 않았다. 사람들은 다 제각각의 성품과 능력으로 사는 법이고, 친구들과 그런대로 마음으로 잘 어울리고 있으니 담임인 나로서는 문제될 게 없다고 보았다.

예전에 어느 신문에서 '대부분의 지하철 기관사가 심한 스트레스를 받는다'고 하는 기사를 읽었었다. 수많은 시간을 홀로 근무해야 하기 때문이다. 육상을 지날 때보다 컴컴한 지하로 진입하면 더 외롭고 예민해진다고 한다. 자주 있는 일은 아니지만 누가 철로에 뛰어들기라도 하는 날이면 참을 수 없이 괴롭다고도 한다. 아마도 그날 그런 사고가 나서 지하철 기관사의 스트레스에 관한 기사가 실렸던 것 같다.

그 기사를 읽고 얼마 후에 좀 별다른 성품의 기관사를 인터뷰한 글을 신문에서 또 읽게 되었다. 그 기관사는 자신의 일이 성격에 꼭 알맞다고 한다. 누구의 간섭도 없이 홀로 일하는 것이 너무 편하고 좋단다. 물론 누군가 철로에 뛰어든다면 그 일은 그도 괴로울 것이다. 그것은 드문 일이고 예외적인 사건이니까 그는 자기 직업에 상당히 만족하고 있었다. 그는 휴일에는 취미생활로 스포츠카 모는 일을 한다.

어느 날 준연이 어머니가 학교에 오셨다. 준연이가 활동적이지 않아 걱정이 많으셨다. 일요일에 친구들이 놀러 가자고 해도, 농구하자고 불러도, 책 읽느라고 나가지 않는단다.

모두 제 성격에 맞게 살아갈 터이니 너무 염려하시지 말라고, 준연이는 연구원이나 대학의 교수를 하면 알맞지 않겠느냐고 위로를 해 드렸다. 친구들이 부르러 오는 걸 보면 성품도 모나지 않은 편인 듯하니 너무 염려하시지 말라고 말씀드렸다. 그 준연이가 어떻게 성장하고 어떻게 살고 있는지 때때로 궁금해진다.

나는 웬만하면 주어진 성격대로 사는 것이 속 편하고 바람직하다고 생각하는데, 경우에 따라서는 성격을 바꾸는 것이 훨씬 좋다는 의견도 있으니, 어느 것이 옳은지 아직도 분별하기 어렵다.

42. 올리브나무 사이로

수업 중에 영화 〈올리브나무 사이로〉를 이야기해 주었다. 30년 혹은 20년 전만 해도 그다지 재미있는 오락거리가 많지 않을 때라 수업 중에 아이들에게 영화 이야기나 소설 이야기를 해 주면 퍽 좋아하였다.

가끔은 짧은 난센스 퀴즈 같은 것을 풀어보라 하며 아이들을 골려주고 나서 수업을 시작하기도 하였다.

예를 들면 이런 거다. '친구 사이인 도넛과 식빵이 함께 도로를 걸어가는데 뒤에서 트럭이 달려왔다. 하나는 죽고 하나는 살았다. 누가 살았을까?' 하고 묻는다. 아이들은 모두 함께 '도넛이요'라고 대답한다. '왜?'라고 물으면 '둥글게 생겨 잽싸게 굴러갔어요' 한다. 내가 득의양양한 표정으로 '아니, 식빵입니다'라고 알려주면 아이들은 또 이구동성으로 '왜요?' 한다. '식빵만 귀가 있으니까요.' 아이들은 '에이~' 김빠지는 소리도 하지만 나에게는 재미있는 하루가 시작된다.

이란의 키아로스타미 감독이 만든 영화 〈올리브나무 사이로〉는 영화를 찍는 이야기다. 영화 속에서 〈그리고 삶은 계속된다〉라는 영화를 찍는 것이 주요 줄거리다. 그 전에 이 감독의 〈내 친구의 집은 어디인가〉라는 영화를 보고 감동을 받아 이 영화를 보게 되었다. 제목도 낭만적이다. 우리나라에서는 보기 드문 나무지만, 올리브나무 우거진 사잇길로 걸어가는 상상을 해 보라. 반 고흐 그림 〈올리브나무〉를 보면, 노란 해의 따스한 햇살이 내려앉아 은초록빛으로 빛나는 올리브나무가 아름답다.

영화 속 인물들은 전문 영화배우가 아니다. 그 마을에 살고 있는 호세인과 테헤레가 신혼부부 역할을 하며 영화 〈그리고 삶은 계속된다〉를 찍는다. 그런데 호세인은 실제로 테헤레를 짝사랑하고 있었다. 영화를 촬영하는 내내 애정을 드러내지만 테헤레는 관심이 없다. 테헤레의 할머니도 가난한 호세인을 좋아하지 않는다.

촬영이 끝나갈 무렵 호세인은 올리브나무 사이 언덕길을 올라가는 테헤레를 뒤쫓아간다. 테헤레는 눈길 한번 주지 않는다. 그 끝 장면에 호세인은 멀리 작은 점처럼 보이다가 점점 사람의 형체로 보이다가 다시 멀어져 간다. 그 장면이 10여 분 지속되고 엔딩 크레딧이 올라가는데, 나는 그 올리브나무 사이로 따라 들어가며 호세인의 마음을 헤아려보았다.

아이들은 그 지루한 끝 장면을 어떻게 참고 보았느냐고 놀라

워한다. 세대 차이다. 그런데 차츰 아이들에게 무언가 이야기해 주는 일도 줄어들었다. 그럴 필요가 없어졌기 때문이다. 세상이 달라지고 있었다. 내 마음에 좀 서운해도 어쩔 수 없는 일이다.

43. 새우튀김

꽤 오랫동안, 소풍을 가게 되면 반장과 부반장은 담임의 도시락까지 싸 와야만 했다. 학부모 입장에서는 '무엇을 싸 가야 할까' 신경이 많이 쓰일 거고 경우에 따라서는 경제적인 부담이 갈 수도 있다. 대부분의 교사 입장에서도 점심 한 끼 대충 먹어도 되는데 학생에게 부담을 주는 것이 부담스럽기도 했다.

교사 스스로 도시락을 싸 가거나, 단체 주문을 하거나, 근처 음식점을 이용해도 될 것 같은데, 아마도 오래전에는 단체 주문을 하기도 어렵고, 변변한 음식점도 드문 데다가 학생들을 인솔하면서 무거운 도시락을 들고 왔다갔다 하기 불편해서 그랬는가 짐작을 해 본다.

시절이 많이 바뀌었는데도 이 풍습은 꽤 오래 지속되었다. 그러다가 어느 순간 사라지고 말았다. 모두에게 다행한 일이다.

정주 어머니가 전화를 하셨다. 담임에게 문의할 게 있었던 참에, '지난번 소풍 때 보내드린 새우튀김은 맛이 괜찮았었냐?'고 물으신다. 새우튀김이라니 금시초문이다. 무슨 말씀이시냐고 했더니 여러 선생님들과 나눠 드시라고 정주 편에 꽤 많은 양의 새우튀김을 보내셨다고 하신다.

정주는 반장도 부반장도 아니었다. 정주 어머니는 아들 간식으로 새우를 튀기시면서, 속 깊은 마음으로 우리들 생각까지 하시고 많이 튀겨 보내셨을 것이다. 정주 어머니는 정성 들인 맛있는 새우튀김을 가득 보냈는데, 한참 시간이 지나도록 담임이 '고맙다'는 말도 하지 않으니 이게 무슨 일인가 싶으셨겠다.

배달 사고가 난 것이다. 정주가 반 친구들하고 다 먹어버렸다. 정주는 도대체 무슨 마음이었을까. 반장도 부반장도 아닌데 아이들 앞에서 선생님에게 새우튀김을 내놓는 게 민망했을까. 아니면 그냥 맛있는 것을 더 먹고 싶어 아이들과 새우 파티를 벌인 걸까.

아쉽다고 해야 할까. 아마도 정주는 담임 선생님이 새우튀김을 대단히 좋아한다는 것을 몰랐을 것이다.

44. 교감 선생님

우리 교감 선생님은 배려심 많고 유능한 분이시다. 농업고등학교를 나오고 교육대학을 졸업하신 후에 대학원 공부는 나의 모교에서 하셔서 나를 후배라 하며 각별히 대해 주셨다.

나는 페스코 베지테리언이다. 고기를 먹지 못한다. 어려서부터 먹어본 적이 없다. 채식주의를 신념으로 하는 것은 아니고 단지 고기가 먹고 싶지 않다. 이런 나를 위하여 교감 선생님은 교사식당 조리사에게 특별한 주문을 해 주셨다. 고기반찬이 나올 때는 계란후라이를 별도로 해 줄 것과 고깃국이 나올 때는 나를 위해 멸치 된장찌개를 끓여두라고 하셨다. 다른 학교에서는 받아보지 못한 대우다. 먹지 못하는 반찬이 나오면 나머지 것들로 대충 먹곤 했었다.

그렇다고 교감 선생님이 나에게만 특별한 보살핌을 주신 것은 아니다. 사고로 돌아가시고 난 후 몇몇 선생님들이 모였을 때, 다들 그 교감 선생님이 자신에게 얼마나 잘 해 주셨는지를 이야기하였다. 성품이 원래 그러신 것 같았다.

교감 선생님의 둘째 아들이 대학 입시에 실패하고 재수학원에 다닐 때는 매일 아침 일찍 일어나 사모님과 함께 김밥 도시락을 싸셨다고 한다.

교사들이 학교 자체평가를 하는 날이었다. 교감 선생님이 교육청에서 보내온 설문지의 어떤 문항을 예로 들며, 그 일을 담당한 선생님을 칭찬하고 높은 점수를 매기셨다. 기준을 제시한 것이다. 그것이 기준이 되다 보니 교육청에서 깜짝 놀랄 정도로 자체평가 점수가 높게 나왔다. 매우 총명하신 분이라는 생각이 들었다.

좋은 분이셨는데 참으로 안타깝게 일찍 돌아가셨다.

교감 선생님은 강원도 홍천 분이시다. 교장으로 승진하신 후 고향 친구들을 만나러 가셨다. 술 몇 잔 하신 후 밤이 이슥하여 헤어지게 되었다. 친구들은 손을 흔들며 떠나고, 버스 정류장에 혼자 서 계셨다. 걸어가던 친구들이 문득 돌아보니 교감 선생님이 안 보였다. 버스도 오지 않았는데 정류장이 비어 있었다. 친구들이 놀라 달려와 보니 정류장 뒤편 언덕 아래로 굴러 떨어진 것이었다. 트럭이 지나갈 때 무심코 뒷걸음질을 하시다 떨어졌다.

급히 홍천의 병원에 입원했다가 다음 날 서울의 병원으로 옮기셨다. 첫날에는 크게 위험한 상태가 아닌 듯해 보였고, 교감 선생님조차 가족들이 걱정한다고 알리지도 말라 하셨다는데 그 일로 돌아가셨다.

나는 한참 후에 소식을 들었는데, 사람이 그렇게 순간에 죽을 수도 있다는 사실이 참으로 슬프고 쓸쓸하였다.

45. 연구교사가 되어

연구교사가 되었다. 교사로 오래 남으려면 승진을 해야겠다는 생각이 들었기 때문이다. 연구교사가 되면 승진할 때 필요한 가산점을 조금 받을 수 있다.

전근 가야 할 해가 되어 희망학교를 써냈더니, 연구교사를 하겠다면 그 학교로 보내주겠다는 제안이 온 것이다. 힘든 일이라서 현재 그 학교에 근무하는 국어교사 중에서는 아무도 희망을 하지 않았다고 한다. 일시적으로 지방에서 서울에 올라와 있는 국어과 교사 한 명과 나를 포함하여 외부에서 전입하는 두 명의 국어과 교사가 그해 연구교사가 되기로 하였다.

식구들은 만류하였다. 교감이나 교장 또는 장학사가 된다든지 하는 승진에 마음을 두지 말고, 수업하고 담임도 하는 평교사로 마치면 안 되겠냐고 한다. 승진을 하려면 수업과 담임 역할, 행정 업무 외에도 해야 할 일이 참 많기 때문이다. 가족을 돌보거나 함께하는 일에는 그만큼 소홀해질 수밖에 없다.

'창의성 신장을 위한 국어과 수업 방법 개선'이 우리 연구교사가 해야 할 1년의 과제였다. 국어과 수업 방법을 새로운 형태로 개선하여 수업지도안을 짜고, 서울 시내 400개 정도 되는 공·사립 중학교에 배포해야 한다. 매월 수업 발표도 해야 했다.

연구교사로 발령은 받았으나 어디서 어떻게 무엇부터 시작해야 할지 막막했다.

우선 시내 중심가 큰 서점에 들러 '창의성, 창의력'이라는 단어가 들어간 교육 관련 책을 여러 권 구해 읽기 시작했다. '수업 방법 개선'이라는 제목이 붙은 연수 과정은 전부 신청하여 참석하였다. 3월 수업지도안부터 작성해야 했다. 3명의 연구교사가 매일 회의를 했다. 힘도 들고 시간도 많이 부족하였다.

수업 공개를 할 때에는 관내 중학교의 국어과 교사들이 참석을 한다. 아무래도 우리들이 매월 연구수업 발표를 한다는 것은 무리라는 생각이 들었다. 우리의 수업 공개는 줄이고 이미 여러 가지 수업 방법을 연구하고 있던 유명한 강사들을 초빙하기로 하였다. 그 당시에 '신문 활용 수업', '마인드맵 수업', '토론 수업' 등이 시도되고 있었다.

1년이 무척 바쁘게, 힘겹게 지나갔다. 보람도 있었다. 연말에는 지도안을 모아 책으로 인쇄하여 보급하였다.

그런데 그러다 보니 그해에는 특별히 기억에 남는 학생들이 없었다. 당혹스러웠다. 학생들에게는 오히려 소홀했었던가 하는 반성을 하게 된다.

46. 나, 졸도하다

연구교사를 힘들게 마무리했다. 2, 3년 계속해서 할 수도 있었지만 3명의 연구교사 모두가 지쳐서 그럴 의사를 가진 사람이 없었다.

다른 선생님들에게도 1년간 폐를 끼친 셈이다. 행정업무는 그대로인데 연구과제가 들어왔으니 우리 세 사람이 해야 할 행정업무는 다른 선생님들에게로 분산되어 갔을 것이다. 교사 수가 많은 학교이긴 해도 어쨌든 일이 늘어난 것이다. 게다가 한 달에 한 번씩 공개수업을 할 때마다 학교는 손님맞이 대청소를 하느라 분주했었다. 외부에서 수십 명 때로는 백 명 가까이 국어교사들이 공개수업을 보러 와야 했기 때문이다. 보이스카웃, 걸스카웃 학생들이 동원되어 장소 안내를 하곤 했다.

다른 선생님들이 어떤 마음을 품고 있는지 헤아려 볼 여유도 없이 바쁜 한 해였다.

두 분의 연구교사는 연구부에 남았던가, 나는 교무부로 옮겨

가기로 하였다. 그동안 교무부 일을 많이 해 왔기 때문에 그게 편했다.

그런데 교무부장에게는 우리들이 하는 일이 상당히 불편했었던 것 같았다. 논리에 맞지 않는 공정성을 얘기하며, 나에게 다른 선생님들이 먼저 선택하고 남은 행정업무를 맡아야 한다고 한다. 나로서는 아무 상관은 없었다. 어떤 일을 하면 어떤가. 그냥 학교 일인데.

그래서 하게 된 일이 수업계II, 시상계, 학부모 시감 담당이었다. 전부 보조적인 일이라 처음 부임하는 젊은 선생님들이 주로 하는 일이었다. 그러나 나는 정말 아무렇지 않았다. 일은 좀 많았다.

집에 도착하니 수업계I 선생님으로부터 전화가 왔다. 내가 집으로 돌아간 후 교무부장이 이번에는 수업계I 선생님에게 수업계II를 맡아줄 선생님을 젊은 선생님으로 바꾸고 싶으면 바꾸라고 해서, 거절했다고 한다. 윤 선생님이 결정을 하고 집으로 가셨는데 그럴 수는 없다고.

이게 무슨 말인가. 교무부장의 속마음이 도대체 뭔가. 나를 골탕 먹이고 싶은 건가. 이러저러한 일을 맡겨서 내가 속상해 할 것이라고 생각했는데, 전혀 그렇지 않아 보이니 또 다른 방법을 써 보는 건가. 갑자기 너무나 불쾌해졌다. 스트레스도 몰려왔다.

마음을 다잡았다. 그런 사람에게, 그런 일에 대적하는 최선의 방법은 일을 성실하게 해내는 것이라고 생각하였다. 내가 맡은 일이 효용성 있게 잘 처리되도록 최선을 다해야겠다고 다짐했다.

3월이 지나갔다. 3월은 정말 정신없이 바쁘다. 담임으로서 새로 맞이하는 학생들과 해야 할 일이 정말 많다. 교실 대청소도 하고 환경미화도 해야 한다.

그렇게 4월이 되었다. 퇴근하고 돌아와 집안의 목욕실 앞 서랍장에 기대 서 있다가 사소한 일에 충격을 받고 졸도를 했다. 그동안 학기 초에 있었던 일을 잊고 아무렇지 않게 열심히 살았다고 생각했는데, 스트레스가 사라지지 않고 가득 쌓였었는가.

마침 목욕실 문이 열려 있어 그쪽으로 넘어갔다. 타일 바닥에 머리를 부딪치고 10여 분만에 깨어났다. 깨어나 밖으로 나와서도 정신을 놓고 누웠다, 일어났다를 반복하였다. 그날따라 야간 자율학습을 하지 않고 일찍 귀가한 딸과 아직 초등학생인 아들은 춘천에 있는 아빠에게 전화를 걸면서 울고, 어쩔 줄 몰라 했다.

같은 동에 가까이 살던 지인 부부도 달려오고, 119를 불러 백병원에 실려 갔다. X-Ray 검사를 했는데 머리에 이상은 없다고 했다. 뇌출혈도 없었다. 하늘이 도와주셨다. 뒤통수에 500원짜리 동전만 하게 머리가 빠져 한동안 나지 않았다. 뒤통수가 살짝 튀어올랐다. 찌그러진 것이다. 어지럼증이 심해서 학교에 갈 수는 없었다. 침상에서 일어날 수도 없어 한 달간 병가를 받았다.

그때 나는 뇌 손상으로 바보가 되었거나, 죽을 수도 있었는데 살아났다. 한동안 상황의 원인과 결과를 추리하는 데 시간이 걸리고, 그럴 때마다 약간의 두통도 있었으나, 바보가 되지는 않았다.

고등학생인 딸아이는 야간자율학습까지 해야 해서 도시락을 두 개 싸 간다. 어느 날 딸아이가 '엄마, 나 오늘은 야간자율학습 없어요' 하는데 '응' 하고 대답하면서 여전히 도시락을 두 개 싸고 있다. 야간자율학습이 없으면 도시락이 한 개 필요 없다는 생각을 빨리 떠올리지 못한다. 이런 증상은 어지럼증이 다 낫고도 한동안 지속되었었다. 수업을 하고, 학교 일을 처리하는데 지장을 줄 정도는 아니었다. 그러다 완전히 회복이 되었다. 머리만 약간 찌그러져 있다. 이것도 머리카락이 가려주니 아무 문제가 되지 않는다.

그해가 거의 다 갈 무렵 교무부장이 불쑥 '죄송했다'고 말씀을 하신다. 뭐가 죄송하냐고 묻지 않았다. 시간이 좀 지나자 그 말씀을 한 번 더 하신다. 그래도 뭐가 죄송하냐고 묻지 않았다. 그렇게 그해는 저물었다.

47. 장학사가 되려고

장학사가 되려고 마음먹었다. 장학사 일이 마음에 들어 열정을 품어서가 아니었다. 다만 정년까지 일을 하려는 내 소박한 소망을 이루려면 장학사가 되어 교감이나 교장으로 승진을 해야 할 것 같았다.

평교사가 교감이나 교장이 되려면 연구논문을 쓰거나, 연구교사가 되어 가산점을 받거나, 과학 작품으로 학생들이 발명왕이 되도록 지도하거나, 석사나 박사 학위를 받거나 하면서 점수를 계속 쌓아, 일정 점수가 되어야 자격이 주어진다. 수업과 담임, 행정업무까지 하면서 저런 연구도 해야 한다. 쉬운 일이 아니다.

지름길로 가기로 했다. 장학사 시험에 합격하고 장학사 업무를 몇 년 하면 교감으로 발령을 받을 수 있다.

내 성격에는 시험을 보는 것이 빠른 길이 될 것 같았다. 이미 장학사가 된 분에게 무슨 공부를 어떻게 해야 하는지 도움을 받고, 시험에 필요한 책을 사 모았다. 두꺼운 책은 두세 개로 나누어 분철도 하였다.

내게는 편집증적인 성향이 약간 있다. 몰입을 잘한다. 집중력이 뛰어나다. 이것은 대단한 장점일 수도 있고 경우에 따라서는 다른 사람들을 불편하게 하는 단점이기도 하다. 아이들 글짓기를 채점할 때도, 생활기록부를 정리하고 있을 때에도 나는 종종 앞 테이블에 있는 전화가 울리는 소리를 듣지 못한다. 옆에 계신 선생님이 자주 전화를 받게 된다. 내가 일부러 받지 않는 게 아니다. 감사하게도 그 선생님은 나를 그렇게 이해해 주셨다.

한번은 남편을 따라 광화문 쪽으로 나갔었다. 남편은 세미나에 참석하고 나는 그동안 영화관 '씨네큐브'에서 영화를 한 편 보기로 했다. 영화 상영 시작까지 한 시간쯤 남았길래 근처 카페에 들어가 가져간 소설을 읽기로 했다. 카페에는 손님이 없었다. 구석진 자리에 앉아 소설을 읽기 시작했는데 참 재미있었다. 한참 읽다가 '이제쯤 영화관에 가야 하려나'하고 고개를 들었더니 카페에 사람이 가득하였다. 그 사이 대충 30명쯤 되는 사람들이 들어와 시끄럽게 대화를 나누고 있었다. 그런데 나는 아무 소리도 듣지 못했다. 나도 깜짝 놀라고 말았다.

장학사 시험을 보겠다고 거기에 매달리게 되었다. 퇴근하고 오면 공부하느라 초등학생 아들아이가 있으나마나한 엄마 때문에 허전해한다는 것도 몰랐다. 고등학생 딸아이는 나보다 더 열심히 공부하고 있으니 문제될 게 없었다.

춘천에 직장이 있어 주말에만 오는 남편은 처음에 책도 사다 주고, 분철도 도와주고 했었는데, 어느 때부터인가 나의 사소한 실수나 잘못을 비난한다. 나를 험하게 대하는 것이다.

그러한 태도를 참을 수 없게 된 어느 날 '요새 왜 그러느냐고, 무슨 일이 생겼느냐'고 남편에게 물었다. '무슨 일은 무슨~' 하더니 한참을 말이 없다. 한참 말이 없더니 조심스럽게 '장학사 시험 그만두면 안 되겠냐'고 한다. '교사는 학생들 가르치는 일이 가장 중요한데, 담임 역할 하고 수업하면서 평교사로 마치면 안 되겠냐'고 한다.

나도 모르게 눈물이 나왔다. 한참 울었다.

초등학교 6학년 때 일이다. 우리 집은 서울과 인천 사이 시골에 있었다. 지금은 번화한 도시가 되었지만 그때는 읍에 해당하는 시골이었다.

중학교는 서울로 가기로 하였다. 서울에 있는 명문 학교에 가려고 열심히 공부하였다. 교과서를 모두 통째로 외웠다.

그런데 7월 어느 날 서울이 무시험 추첨제가 된다는 정부 발표가 나왔다. 순식간에 목표가 사라졌다. 어린 마음에도 허망했다. 상처도 생겼다. 선생님은 인천으로 갈 수 있으니 마음을 늦추지 말고 계속 열심히 공부하라고 독려하셨다.

갑자기 사춘기가 왔다. 내가 목표를 세우고 열심히 살다 마지막에 도달하는 결승점이 뭔가 생각하게 되었다. 죽는 것이었다. 사람들은 왜 사는지 궁금해졌다. 무엇 때문에 열심히 사는지 궁금해졌다.

담임 선생님께 여쭈어보았다. 나를 많이 사랑해주신 분이니 뭔가 대답을 해 주실 줄 알았다. '열심히 살다 보면 결국 죽는 건데 선생님은 왜 열심히 사시느냐'고 물었다. 선생님은 내가 그런 생각을 하기에는 너무 어리다고 생각하셨는지, 진지한 대답이나 상담을 해 주시지 않고 그냥 '그런 생각 하지 말고 공부나 열심히 하라'고 하셨다. 의지할 사람이 아무도 없었다. 왠지 부모에게는 묻지도 못했다. 외로웠다.

나는 혼자 결론을 내렸다. '왜 사는지는 아무도 모른다. 모든 사람이 결국 죽어 흙으로 돌아간다면 이 세상에 꼭 해야 할 일도 없는 셈이다. 인생에 특별한 순간은 없다. 순간순간이 모여 일생이 된다. 왜 사는가 묻지 말자. 어디서 와서 어디로 가는지 묻지 말자. 어차피 주어진 목숨이니 매 순간 어떻게 살아야 할까를 생각하자.' 나는 그 후에도 열심히 공부하여 인천으로 진학하고 고등학교도 인천에서 다녔다.

내게는 절대적으로 중요한, 세상에서 반드시 성취해야 할 그 무엇이 없다. 살아가면서 선택의 순간을 맞이할 때, 그 순간에 무엇이 가장 소중한지 생각할 뿐이다. 나는 미련 없이 장학사 공부를 그만두었다. 가족이 더 중요했기 때문이다. 내가 공부한다고 몰입하는 동안 우리 아들이, 내 남편이 불행하다면 해야 할 이유가 없었다. 책도 내다 버렸다. 그러면서 어쩐지 정년까지 갈 수 없을 것 같은 생각이 들었다.

48. 학교 배정

아들이 나의 학교에 배정되었다. 그런 일은 자주 일어날 수밖에 없다. 공립중학교의 교사도 가능한 집 근처로 발령을 내고 초등학교를 졸업하는 아이들도 가능한 집 근처의 중학교에 배정을 하기 때문이다.

아들의 담임 선생님은 엄마 학교에 다니면 장점도 많으니 괜찮을 거라고 위로하셨다는데, 아들은 어두운 얼굴이다. 엄마와 같은 학교에 다니기 싫단다. 아이들도 자기를 불편해할 것이고, 자신도 학교생활이 편치 않을 것 같아 다른 학교로 가고 싶다고 한다.

엄마나 아빠의 학교에 배정을 받은 경우, 그 당시에는 선택권이 있었다. 배정받은 학교에 그냥 다닐 수도 있고, 다른 학교로 가길 원하면 다시 배정을 해 준다. 나와 아들은 후자를 택했다.

교육청에 연락하여 다시 배정을 받았다. 처음 배정받은 학교의 옆, 길 건너에 있는 학교다. 그 학교에는 아들과 같은 초등학교를 나온 남학생 중에 배정된 아이는 한 명도 없고, 여학생들만 약간 배정을 받았다. 그러나 아들은 만족하였다. 나의 학교와 매우 가까운 거리에 있는 학교이므로, 부모로서 아들의 학교에 가야 할 중요한 일이 생기면 잠깐 들를 수도 있었다.

나중에 돌이켜보아도 괜찮은 선택이었다는 생각이 든다. 인생은 선택의 연속이고, 돌이킬 수 없는 실수를 할 수도 있다. 실수에는 대가가 따른다. 우리는 수시로 마주치는 갈림길에서 최선이 무엇인가를 생각할 수밖에 없다. 그래서 미국의 시인 로버트 프로스트의 시 〈가지 않은 길〉이 그토록 오래도록 인구에 회자되는 것이 아닐까.

3부

홀씨가 머문 자리

(2001년~2011년)

49. 기타 치는 한문 선생님

한문 선생님이 기타를 치신다.

아직 결혼을 하지 않은 남자 선생님이셨는데, 부족한 내 귀로는 그 선생님의 솜씨가 탁월한지, 이제 막 배우는 과정의 실력인지도 잘 구별할 수 없었다. 그러나 그 소리가 참 좋았다. 점심시간에 점심을 드신 후 교무실에서 20분 정도 연주를 하시는데 나는 그 시간이 행복하였다. 유명한 가곡도 연주하시고, 내가 대학생이었을 때 학교 앞 찻집에서 자주 들었던 〈알함브라 궁전의 추억〉 같은 곡도 연주하신다.

옛 제자들이 내게 "선생님 목소리 잊지 못해요" 할 때도 있었으니 나는 교사로서 꽤 괜찮은 목소리였다고 생각한다. 수업 중 맨 앞자리에서 들어도 맨 뒷자리에서 들어도 별다르지 않고 맑고 명료하게 들렸다니 교사로서 괜찮은 목소리 아닌가. '라'음이라고 하던가. 소리의 끝이 흐지부지 사라지며 꼬리를 감추는 게 아니고 일직선으로 쭉 날아가는 음이라고 한다.

초등학교 1학년 때는 목소리가 좋다고 학예회 끝인사를 맡아 했었다. 2학년이 되니 담임 선생님이 성악가가 되면 좋겠다고 하시며 방과 후에 남겨서 노래 지도를 해 주셨다. 그런데 한 달쯤 하시더니 포기하신다. 슬픈 일이다. 그 후로 나는 평생 음치로 산다. 그래서 늘 노래 잘하는 친구, 악기를 다룰 줄 아는 사람들이 부럽다.

우리 아버지는 하모니카 연주를 잘하셨다. 나도 하모니카를 사서 불어 보았지만 영 어렵기만 했다. 내가 젊었을 때에는 통기타가 유행하여 나도 대학교 1학년 때 아르바이트로 받은 첫 월급으로 기타를 샀었다. 그것은 방구석에 심심하게 서 있었는데, 어디로 가버렸는지 모르겠다. 선생이 되고 나서는 음악 선생님에게 만돌린 연주를 배우는 클럽이 생기자 거기에 가입하기도 했다. 그 만돌린은 아직도 우리 집 어딘가 먼지 속에 숨어 있을 것이다.

음악은 참 힘이 있다. 우리에게 기쁨도 주고 슬픔도 다독인다. 그 음악을 악기로 가볍게 다루는 사람들을 보면 여전히 부러운 마음 금할 길 없다.

50. 명문 학교 나오신 도덕 선생님

옆자리 선생님은 도덕 선생님이다. 남자분이시다. 최고 명문 학교를 나오셨다.

그날 아침 표정이 조금 불편해 보여 물었다.

-무슨 일 있으세요? 좀 울적해 보이시네요.

-아침부터 딸아이 손바닥을 좀 때려주고 왔어요. 마음이 편치 않네요.

-왜요?

-김치를 안 먹겠다고 떼를 써서요.

-네? 김치 안 먹겠다는 게 왜요?

-한국 사람은 김치를 먹어야지요. 그래야 한국 사람이지요.

-네? 그게 무슨 말씀이세요? 인천공항만 벗어나 보세요. 60억 인구가 평생 김치 한 쪽 안 먹어도 잘살고 있어요. 김치 안 먹는 게 뭔 대수예요. 다른 거 아무거나 잘 먹으면 되지요. 자라면 먹게 될 수도 있고요. 그게 매 맞을 일이예요? 선생님 이상하시다.

'그러세요. 마음 아프시겠네요' 하면 될 것을. 그런데 나로서는 그 순간 너무 이상했다. 더군다나 도덕 선생님인데 저렇게 편협한 생각을 가지시면 어쩌시나 하는 염려가 되었다. 그러나 사람들은 모두 생각이 다를 수 있는데 내가 주제넘은 간섭을 한 것 같기도 하다.

어느 날부터 그 선생님이 껌을 씹으신다. 아마 금연을 하시느라 그랬는가 싶다. 그런데 종종 소리를 '딱딱' 내며 씹으실 때가 있다. 쉬는 시간에 잠깐 그래도 참기 어려운데, 우연히 수업이 비는 시간이 같아서 함께 50여 분 있어야 할 때 저러시면 참으로 견디기 어려웠다. 정중히 그러시지 말라고 부탁을 드렸다. 부탁 이후에는 좀 조심하시는 것 같더니 습관이 되어 버린 건지 어느새 또 소리를 내신다. 또 부탁하기도 어려워 참고 있다가 어느 순간 나도 모르게 벌떡 일어나 소리를 질렀다.

-아니, 선생님, 서울대학교에서는 껌 씹을 때 소리 내지 말라는 거 안 가르쳐요?

대학에서 뭐 그런 것까지 가르치겠는가. 그렇지만 그렇게 소리를 지르고 말았다. 그 선생님은 그 후 다시는 소리를 내지 않으셨다. 껌 씹는 것을 중지하셨던가? 금연은 성공하셨던가? 기억이 불확실하다.

51. 학교에 도둑이 들다

제2 교무실에서 근무하게 되었다.

학교에 따라서는 교사들의 편의를 위하여 1층에 제1 교무실을 두고 층별로 작은 교무실을 두기도 한다. 우리 학교의 제2 교무실은 제1 교무실과 마찬가지로 1층에 있었는데 별관에 좀 더 가깝다. 10명의 선생님이 모인 소규모의 교무실이다 보니 조교 선생님도 따로 없다.

모든 선생님이 한꺼번에 수업에 들어가는 경우에는 맨 마지막에 나가는 선생님이 문을 잠가야 한다. 값나가는 물건이야 많지 않지만, 출제 중인 시험 문제가 있을 수도 있고 생활기록부 등 중요한 서류가 많기 때문이다. 중요한 서류는 물론 캐비닛에 들어 있고 잠금장치가 되어 있다. 그래도 출입문은 철저히 잠가야 한다.

그날 4교시였다. 모든 선생님이 수업에 들어가시고, 국어과 선생님 한 분이 남아 학급 일을 처리하고 계셨다. 어느 신사분이 찾아와서 중앙일보 기자라 하며, 체육부장님을 뵈러 왔다고 하더란다.

풍모도 점잖고 차림새도 단정하니, 그 선생님은 그 말을 그대로 믿고 차 한 잔을 대접하면서 기다리시라 하였다. 그런데 그 국어 선생님이 잠시 교무실 밖으로 나갔다가 왔더니 그 사람은 사라지고 없었다.

4교시를 마치고 내려와 보니, 내 책상 맨 아래 서랍이 열려 있었다. 내 자리는 출입문에서 가장 멀고 벽을 등지고 앉는 자리였다. 누가 다녀갔나 싶어 서랍에 들어있던 가방을 열어보니 지갑이 없었다.

내 앞자리 선생님은 30만 원 정도가 가방에 들어있었고, 그 가방을 그냥 의자에 올려놓았는데도 털어가지 못하고 내 지갑을 집어갔다. 아마도 내 자리가 외진 곳이라 출입문을 열고 누가 갑자기 들어와도 태도를 숨기기 쉬워서 그랬나 보다.

내 신용카드는 즉시 사용을 중지시켰다. 다행히 그날 내 지갑에 현금은 단돈 4천 원이 있었을 뿐이다. 선생님들은 '그 도둑 참 재수가 없는 날이네. 겨우 4천 원이라니' 하는 얼굴들을 하신다. 도둑이 위로받는 진기한 풍경이다.

그래도 그런 일은 처음이라서 심장이 한참 두근거렸다.

52. 가을 시화전

가을 시화전을 열었다. 모든 학생들이 시화를 만들어 체육대회 날, 화단 주변에 자기들 눈높이 정도에 만국기처럼 걸었다. A4 용지 2배 크기로 만들어 코팅을 해서 걸었다. 푸른 가을 하늘 아래 청명한 공기를 마시며 여러 편의 시를 읽어보는 것은 색다른 즐거움이 될 듯했다. 축제 분위기를 내는 데도 한몫하였다.

이 시화 작품도 국어과 수행평가 성적에 반영하기로 하였다. 그 반영 비율은 선생님에 따라 달리 정했다. 국어과 성적 중에 20%가 수행평가 성적이고 항목은 선생님에 따라 조금씩 다르다. 말하기, 논술, 설명문 쓰기, 독후감 등의 항목별 비율도 조금씩 다를 수 있다. 반 평균 점수를 비슷하게 맞추면 된다.

어느 선생님은 수업시간에 직접 시를 쓰게 하고, 직접 그림도 그리게 해서 내다 걸었다.

나는 과제물로 제시하였다. 직접 시를 써도 좋고, 쓰기 어렵다면 유명한 시를 선택하되 교과서에 없는 것으로 하는 것이 조건이다. 그림도 직접 그리거나 다른 사람에게 부탁해도 된다. 대신에 반드시 누구 시인지, 누구 그림인지는 밝히도록 하였다. 점수의 비중도 낮추고, 기한 안에 낸 사람과 기한을 어긴 사람, 안 낸 사람으로 구분할 뿐이었다.

나는 '시 쓰기'보다는 '말하기'나 '산문 쓰기' 교육에 치중하였다. 시는 타고난 재능이 더 많이 필요하고, 산문은 노력으로 상당 부분 개선될 수 있다는 나름의 견해를 가졌었다. 그리고 산문이 살아가는데 좀 더 실질적으로 필요하다고 여겼기 때문이다.

어느 날 기타 치시는 한문 선생님께서 학교 홈페이지에 들어가 보라고 말씀하신다. 어느 학생이, 나의 학생들이 내건 시화를 보고 몹시 분개하여 글을 올렸다고 한다. '남의 작품으로 시화를 하다니 사기 아니냐고, 이게 교육이냐고' 화가 많이 나서 글을 올린 것 같으니, 내가 답변해야 할 것 같다고 하신다.

홈페이지를 열었다. 감정이 격앙된 학생의 글이 보인다. 댓글로 자초지종을 설명하였다. '너희들이 직접 쓰고 직접 그려 시화를 준비하는 것은 보람도 있고 상당히 의미 있는 일이다. 그런데 미숙한 글보다 여러 편의 좋은 시를 읽을 수 있도록 기회를 주는 것도 나름대로 의미 있는 일이다. 등등' 우리 반 시화는 점수 비율이 매우 낮다는 점과 그 점수의 공정성에 관해서도 부연 설명하였다. 그래도 이해가 안 되면 직접 나를 찾아오라고 하였다.

그 학생이 나를 찾아오는 일은 없었다. 아마도 내가 그 시화전에 부여한 의미를 이해했으리라고 믿는다. 사람 사이 소통에는 때로 긴 설명이 필요하다는 것을 알게 되었다. 그러니 사람 사이 수많은 오해가 일어나는 것 아니겠는가. 잠시 돌부리에 걸려 넘어진 기분이었다. 그러나 툭툭 털고 일어날 수 있었다.

53. 넛지(Nudge)

넛지는 '팔꿈치로 슬쩍 옆구리 찌르기'로 정의된다. 현명한 선택을 이끄는 힘이라고도 한다. 조삼모사에 넘어가는 사람의 심리를 활용하는 방법으로 볼 수도 있겠다. 인간은 합리적인 것 같으면서도 합리적이지 않은 행동을 하는 경우가 훨씬 많다. 넛지는 좋은 방향으로 쓰일 수도 있고 좋지 않은 방향으로 쓰일 염려도 있다.

리처드 탈러와 캐스 선스타인이 공동으로 집필한 《넛지》라는 책 속에 이런 구절이 나온다.

'사소해 보이는 일상생활의 모든 순간에서 우리는 현재도 넛지를 당하고 있으며 넛지를 가할 수 있다.'

마트에서 물건 배열을 달리하기만 해도 잘 팔리는 물건이 달라질 수 있다. 모든 마케팅에 이것이 적용된다. 신간 서적도 마찬가지다. 펼쳐놓는 매대에 놓여 있어야 좀 더 팔린다. 책꽂이에 꽂혀 있으면 팔리기 어렵다. 서점의 매대는 출판사나 개인이 돈을 주고 사는 것이라 한다.

상점의 물건 가격이 항상 29,000원 등 900이나 9,000 단위로 끝나는 것도 일종의 심리를 이용하는 넛지다.

음식점에서도 많이 팔고자 하는 것은 두 번째 가격으로 올려두어야 한다. 가장 비싼 것은 좀 꺼려지고 싼 것도 좀 그렇고, 두 번째 가격으로 주문하는 경우가 많다고 한다.

예전에 우리 교감 선생님이 기준을 정해준 덕에 학교 자체평가 점수가 높아진 것도 일종의 넛지다. 암스테르담 공항에서 화장실 사용을 깨끗이 하라고 아무리 주의를 줘도 안 되다가 남자 소변기에 파리 한 마리를 그려 넣었더니 깨끗이 사용하게 되더란다. 이것도 넛지다.

알고 보니 나도 이 방법을 종종 사용하고 있었다. 아이들에게 숙제를 내줄 때 마음속으로는 '3번 써 오게 하자' 정해 놓고 '여러분, 숙제로 이 부분 다섯 번 써 오세요'라고 말을 한다. 그러면 여기저기서 아이들이 너무 많다고 아우성이다. 나는 잠시 기다린다. 그러다가 '그럼 세 번으로 할까요?' 하면 아이들이 숙제가 줄었다고 얼마나 좋아하는지 모른다. 나도 아이들도 모두 환하게 웃을 수 있다.

결재를 받으려고 선생님들에게 매달 수업지도안을 걷을 때도 넛지를 이용한다. 마감일이 다가오는데도 안 내신 선생님이 10여 명이나 될 때, 내부 통신으로 빨리 내주십사 재촉하는 글을 10여 명 선생님께 한꺼번에 보내면 안 된다. '나 말고도 안 낸 사람이 많네' 하고 안심하면서 마감을 지키지 않는 분이 생긴다.

두 명 혹은 세 명 정도로 분할하여 보내야 한다. 그러면 '안 낸 사람이 두 명뿐인가? 내가 꼴찌로 내는 것은 곤란하다' 싶은 마음에 다들 부지런히 작성하여 마감일을 지키신다. 가끔은 내게 '늦어져서 미안하다'는 말까지 하신다.

54. 삶은 토종밤

1학년 담임이 되었다.

어느 날, 아침 일찍 등교한 은연이가 비닐봉지에 담긴 것을 내게 준다. 받아보니 따뜻하다.

-은연아, 이게 뭔가?

-아버지가 선생님 드리라고 하셨어요.

-뭔데?

-아버지가 여기저기 지방으로 건축 현장에 일 다니시는데요, 그때 주운 알밤을 오늘 아침에 삶으셨대요.

-응, 고맙구나. 잘 먹겠다고 아버님께 전해 주렴.

은연이가 교실에 올라간 후 비닐봉지를 열어보았더니, 조금 자잘한 토종밤들이 가득 들어있었다. 일찍 출근하신 선생님들과 함께 열심히 까서 먹었다. 토종밤이라 그런지 정말 맛있었다. 막 삶은 거라 따뜻하면서 매우 고소하였다. 이후에 나는 그렇게 맛있는 밤을 다시는 먹어보지 못했다.

은연이는 엄마가 없다. 오래전에 이혼하고 집을 나가셨기 때문이다. 작은 노점상을 하는 할머니와 중학교를 중퇴한 오빠와 지방에서 일을 하느라 집에는 가끔 오시는 아빠와 그렇게 4식구가 산다.

계절이 겨울로 접어들고 있었다. 아침저녁으로 날이 제법 쌀쌀해졌다. 아이들도 교복 위에 코트를 입고 오기 시작하였다. 옷이란 게 참 묘해서 시절마다 중학생들에게도 유행하는 것이 있다. 그해는 더플코트가 크게 유행하였다. 일명 떡볶이코트다. 단추가 떡볶이용 떡 비슷하게 생기고 두 줄이다. 원래 해군들이 입었다 하던가. 날씨가 좀 더 쌀쌀해지기 시작하니까 아이들이 모두 더플코트를 입기 시작했는데 은연이만 낡은 잠바를 입고 있었다.

오래전에, 15년도 더 된 옛날에 3학년 주용이가 나를 '엄마 같아요' 하며 좋아하였는데 지금보다 훨씬 젊었던 나는 그 말이 어색하기만 했었다. 나중에 알고 보니 주용이는 보육원에서 사는 아이였었는데…….

그게 오랫동안 마음에 앙금으로 남아 있었다. 주용이 생각을 하면서, 나는 하루만이라도 은연이에게 엄마 노릇이 하고 싶었다. 보통의 엄마들이 딸이랑 흔히 하는 일을 해 보고 싶었다. 그래서 은연이에게 더플코트를 사 주고 맛있는 것도 함께 사 먹기로 했다.

은연이와 함께 옷을 사러 갔다. 코트를 사 주려고 했더니 은연이는 여전히 잠바를 고른다. 은연이는 축구를 좋아하는 조금 소년 같은 아이여서 그랬는가. 모든 여학생이 더플코트를 입고 있길래 그것을 고르라 해도 한사코 마다한다. 할 수 없이 잠바를 사 주었더니 돈이 예상보다 좀 남아서 운동화도 한 켤레 사 주었다. 레스토랑에 가서 스파게티도 함께 먹었다.

은연이 아버님이 아마도 그 일을 염두에 두고 내게 삶은 밤을 선물하셨나보다. 나는 또 그 마음이 감사하여 오래도록 잊지 못하고 있다.

55. 우리 반의 새터민

우리 반은 남녀 혼합반이고 1학년 3반이다. 서편 끝 1층에 자리 잡은 우리 반은 참 재미있는 반이었다.

1학년 신입생 배정을 받으면 분반고사를 치르고 성적이 비슷하도록 반을 편성하는 법인데, 그해는 무슨 사정이었는지 무작위로 반을 편성하였다. 그래서 학급별로 성적이 들쑥날쑥했는데 우리 반 성적이 가장 우수하였다. 중간고사를 치르고 보니 90점 넘는 우등생이 11명이나 되었다. 10명이 남학생이었다. 한 반을 구성하는 학생 수가 45명 정도로 줄어들었던 때라 남학생이 22명 정도인데 그중 절반이 우등생이라니 놀라운 구성이었다.

몹시 활발한 성품을 가진 학생들도 많아서 수업 중에 발표도 잘하고 질문도 많았다. 그래서인지 우리 반에서 수업을 하면 내가 굉장히 수업을 잘하고 있다는 느낌이 들었다. 다른 선생님들도 그런 기분이 든다고 하신다. 아이들이 서로서로 사이도 좋았다. 할 일을 미루는 일도 거의 없었다.

그런데 우리 반에 새터민 자녀가 있었다. 우리 학교 3학년에 다니는 형과 아빠와 셋이서 산다. 북한을 탈출하여 중국을 거쳐 우리나라로 왔다니 그 과정에서 얼마나 많은 고생을 했는지, 얼마나 많은 시간을 마음 졸여야 했는지 짐작하기 어렵다. 그래서 성윤이에게 엄마가 없어도 그 이유를 묻지 않기로 했다.

학업 성적은 그다지 좋지 않아도 온순한 얼굴로 그런대로 겉으로는 큰 문제 없이 학교에 잘 다닌다. 학기 초에 두세 번 결석을 하더니, 아버지에게 단단히 혼이 났는가, 그 후에는 결석도 없이 잘 다닌다.

그런 성윤이에게 내가 이해할 수 없는 버릇이 하나 있었다. 늘 청소를 안 하고 도망을 간다. 각 분단이 번갈아 청소를 하게 되어 있는데 내가 잠시 시선을 돌리기만 하면 어느새 사라지고 없다. 다음 날 다른 분단 청소할 때 같이 청소하라고 해도 어느 순간 또 도망을 간다. 벌을 주기도 하고 달래도 보고 여러 가지 방법을 써 보아도 나아지지 않았다. 틈만 생기면 사라진다. 1층 교실이고 서편 현관문이 우리 반 출입문 앞에 있으니 도망가기에 딱 좋았다.

공산주의, 사회주의 국가인 북한에서 왔기 때문일까. 공산주의, 사회주의는 '능력에 따라 일하고, 필요에 따라 분배 받는다'는 이상을 실현하려는 사회라는데, 인간의 본성과는 매우 다르다. 같은 농장에서 능력을 다해 하루종일 열심히 일해도 필요한 것이

쌀 2가마니뿐이라고 쌀 2가마니 받고, 어떤 사람은 2시간만 일해도 많이 필요하다고 쌀 10가마니 받는다면 누가 열심히 일하겠는가. 가능한 한 일하지 않으려고 꾀를 부리게 될 것이다. 그러면 다 같이 가난해진다.

며칠 전 신문에서 탈북민에 관한 기사를 읽었다. 북한의 어느 과학자가 집단농장과 개인농장의 생산성을 비교 실험해 보니 개인에게 농토를 나눠주고 농사짓게 한 경우 5배나 소출량이 많았다고 한다. 그는 그 사실이 놀라워 북한 당국에 즉시 보고하였다. 그러나 그는 개인주의에 물든 부르주아라고 냉혹한 비판을 받았고, 숙청당할 뻔하였으나, 위기를 간신히 모면한 후 탈북에 성공했다.

그의 아버지는 사회주의의 평등사상에 심취하여 북으로 갔고, 거기서 태어난 그 과학자는 자유를 찾아 남으로 왔다. 역사와 이념의 소용돌이다.

56. 개구쟁이들

우리 반은 1층 서편 현관문 앞에 있었다. 문만 열고 나가면 운동장이다. 쉬는 시간만 되면 남학생 거의 전부가 우르르 운동장으로 달려나가 축구도 하고 농구도 한다. 시간을 아끼느라 실내화를 실외화로 갈아 신지도 않는다. 실내화는 덧버선 모양의 얇은 운동화다. 공부 잘하는 우등생이 10명도 넘는데 대부분 개구쟁이인 것은 다른 반과 다를 바 없었다.

어느 날 우리 반 앞을 지나 이층으로 수업을 하러 가는데, 우리 반 남학생 열댓 명이 복도에서 '엎드려뻗쳐'를 하고 있다. 무슨 일인가 물었더니, 실내화 신고 운동장에서 뛰어놀다 어느 선생님에게 들켜서 벌 서고 있는 중이란다. 담임으로서 야단쳐야 할 일이건만, 힘들어 몸을 비틀며 쩔쩔매는 꼴이 우스워 나도 모르게 웃고 말았다.

종례시간이 되었다. 쉬는 시간에 충분히 벌을 받았다 생각하고 그 사건에 대해 아무 말도 하지 않았더니 오히려 아이들이 왜 야단치지 않느냐고 묻는다.

-여러분, 내가 뭐라 하지 않아도 잘못을 충분히 반성하고 있겠지요?

쉬는 시간이 10분뿐이 안 되는 짧은 시간이니, 아이들 마음에 언제 우르르 몰려 실외화로 갈아 신고, 또 시작종이 울리면 다시 우르르 실내화로 갈아 신고 싶겠는가. 실내화 신은 채로 휙 달려나갔다가 휙 달려들어오면 얼마나 편하겠는가. 그러나 그렇게 하면 교실에 흙먼지가 심해진다. 건강에 매우 나쁠 것이다. 매시간 감시하기도 어렵고, 스스로들 알아서 실내화, 실외화를 구분해주면 얼마나 좋겠는가. 그러나 실내화 신고 달려나가는 마음도 어느 정도 이해가 되니 마구 야단치기도 어렵고, 아무튼 실내화 갈아 신는 일로 일 년간 실랑이를 좀 했다.

57. 급식 지도

아이들은 학교에 더 이상 도시락을 싸 오지 않는다. 학교에서 점심을 제공하게 된 것이다. 우리 학교는 조리실은 갖추었으나, 아직 학생 식당이 신축되지 못한 상태라 급히 설치한 엘리베이터를 이용하여 급식 카트가 각 반의 복도로 온다. 아이들은 번호순으로 서서 밥과 반찬, 국을 배식받는 데 주번 학생 2명과 담임이 맡아 하게 되었다.

담임이 매번 점심시간에 참석하여 지도하는 것이 원칙이나, 어느 정도 배식이 익숙해지면 담임이 없어도 반장 지휘 아래 질서 있게 잘 진행되는 반도 있다. 2학년이나 3학년은 더욱 그렇다.

아이들은 서로 먼저 배식을 받고자 하니, 아이들 줄 서는 순서도 나름대로 꾀를 내었다. 맨 앞의 아이가 다음 날 맨 뒤로 가는 방법도 있지만, 그렇게 하면 제일 먼저 배식을 받은 아이가 다음 날 맨 마지막이 되어 추락의 감정을 갖게 되는 일이 매일 일어나게 된다. 그래서 반대로 하기로 했다. 첫날에는 1번부터 차례대로 줄을 서고, 다음 날에는 맨 뒤 아이가 맨 앞으로 오는 것이다.

그러면 맨 뒤에서 한참 기다려야 했던 아이가 다음 날 단숨에 맨 앞으로 오는 기쁨이 매일 일어난다.

나는 거의 매일 점심 배식 지도를 하였다. 1학년 학생들이라 어설프기도 하고 나의 책임감 때문이기도 했지만, 무엇보다도 나는 그 일이 매우 행복했다. 나는 주로 밥을 퍼 주거나 국을 담아주는 일을 했는데 처음에는 왜 그 일이 그렇게 행복한지 이유를 알 수 없었다. 그래서 선생님들에게 '나는 수업보다 밥 배식하는 일이 더 적성에 맞는가 봐요'라고 농담을 했다.

어느 날 문득 깨달았다.

점심시간에는 모든 아이들이 행복한 얼굴이다. 수업 중에는 조는 녀석도 있고 한눈파는 아이도 있고, 지루해 못 견디는 아이도 있지만, 점심 배식 시간에는 모두가 즐거워한다. 모든 아이들이 즐거워하니 나도 그렇게 행복했던 것이다. 어느 아이는 밥이나 국을 담아줄 때마다 '감사합니다'라고 인사를 한다. 급식 지도하느라 점심을 제대로 못 먹는 날도 있었지만, 행복했었다.

인생사에는 대체로 '얻는 것이 있으면 잃는 것이 있고, 잃는 것이 있으면 얻는 것도 있다.'

58. '말하기' 수업

3분 말하기 시간이었다. 주연이 차례였다. 주연이가 노트 한 권을 들고 교탁 앞으로 나와 섰다. 주연이의 '말하기' 주제는 '마술 공부'였다. 자신이 왜 마술에 관심을 갖게 되었는지, 어떻게 공부하고 있는지 설명을 하더니 실제로 마술 공연을 보여주었다.

아이들 모두 초롱초롱한 눈으로 바라보고, 나도 그 마술 공연에 몰입하게 되었다. 참으로 재미있었다. 후루룩 빈 노트를 보여주었는데 그가 기합을 넣고 다시 후루룩 펼치니 페이지마다 그림이 가득했다. 신기한 일이었다.

이때의 기억으로 나중에 나는 유명한 마술사 이한결의 마술 공연을 큰돈을 내고 보러 가게 된다.

말하기 수행평가를 하는 일은 상당히 고된 일이었다. 앞에서 학생이 주제 발표를 하는 동안, 아이들이 떠들면 조용히 하도록 지도해야 하는데, 그것을 무언의 손짓, 표정으로 해야만 한다. 떠들면 자신의 말하기 점수에서 감점당한다고 미리 주의를 줘도 소란스럽고 산만한 녀석은 있기 마련이다.

게다가 '말하기' 내용을 들으면서 바로바로 채점을 해야 하고, 아이들이 수긍할 수 있도록 점수도 즉시 공개해야 하므로, 온 신경을 집중해야 한다. 상당히 피곤하다. 그러나 많은 사람 앞에서 말해 본 경험은 매우 유용한 일이기에 이 수업을 한 학기에 한 번씩 하기로 하였다. 몇 가지 주의사항은 다음과 같다.

1. 시간을 지켜야 한다. 2분 30초에서 3분 30초 사이에서 말하기를 끝내야 한다.

2. 원고는 미리 작성해서 제출하고, 실제 말하기를 할 때는 원고를 보면 안 된다.

3. 보조자료, 예를 들면 사진, 그림, 책, 도표, 컴퓨터 동영상 등을 사용해야 한다.

4. 주제는 자유롭게 정한다.

59. 선우가 출구를 잃고

선우도 공부를 꽤 잘한다. 우리 반이 유별나게 남학생 우등생이 많은 게 문제라면 문제였을까. 중간고사 시험을 치르고 보니 91점이나 받은 선우가 10등이다. 다른 반이었다면 3, 4등을 했을 등수다. 전과목 평균 90점을 넘었으니 전부 수를 받은 것이다.

그런데 선우는 심각하게 고민하고 있었다. 나는 한동안 눈치를 채지 못했다. 겉으로는 여전히 조용하고 친구들과도 원만하게 지내고 있었다.

어느 날 선우가 상담을 청한다.

-선우, 요즘 무슨 어려운 일이 있는가?

-…….

-선우야, 힘든 일 있으면 얘기해 봐.

-선생님, 저 외국으로 유학을 갈까 봐요.

-갑자기 외국은 왜? 무슨 이유로? 여기 학교생활이 힘든가? 친구들하고 문제가 생겼니?

-그냥 외국에 가서 공부하고 싶어요.

무슨 일이 생겼는가 싶어 당황하였다. 여기 학교생활에 적응이 잘 안 된다면 외국에서는 더욱 적응하기 어려울 것이다. 한국에서 잘 적응하고, 의지가 굳은 학생이라도 낯선 나라에서 마음과 몸이 무너지지 않고 잘 지내기란 무척 어려운 일일 텐데, 여기 학교생활에 적응하는데 문제가 있어 유학을 간다면 안 될 일이다. 선우가 깊은 속내를 이야기하기를 기다렸다. 한참 후에 선우가 마음을 연다.

'선우는 정말 열심히 공부한다. 초등학교 때부터 빽빽하게 일정표를 짜놓고 100% 이상의 노력을 발휘하여 공부한다. 잠자는 시간 빼놓고는 공부만 한다. 잠자는 시간도 충분하지 않다. 지금도 월요일부터 금요일까지 과목별 과외선생님이 오시고, 주말에는 학원에 다닌다. 그런데 겨우 10등을 했다. 앞 등수를 얻은 9명의 친구들은 쉬는 시간마다 운동장에 나가 뛰어놀다 들어오는 데도 그렇다. 자기는 그 시간도 아까워 공부를 하는데 그들을 이길 수 없다. 자기에게는 이제 더 이상 사용할 시간도 없다. 절대 이길 수 없다는 생각이 들어 좌절감이 깊다. 이 좌절감에서 벗어날 길이 없다. 노력과 능력을 다 소진한 결과 겨우 10등이라니 견딜 수 없다. 어디론가 도망가고 싶다.'

가정환경조사서를 살펴보았다. 경제적으로 그런대로 여유가 있는 집안의 외아들이다. 형제가 없다. 아버지와 어머니 학력은 고졸로 기재되어 있었다. 대학을 나오지 않고, 대학을 나온 사람들보다 경제적으로 더 많이 이루셨으니 얼마나 노력을 많이 하셨을지 짐작이 간다. 그러다 보니 외아들인 선우에 대한 기대가 지나치신 것 같았다.

부모님께 상담을 청하면서 아버님과 어머님 두 분 다 오시기를 부탁드렸다. 부모님 얘기도 충분히 들어드리고, 지금 출구를 잃고 갇혀 있는 선우에 대해서도 말씀드렸다. 내 생각도 자세하게 설명해드렸다. 선우는 전문적인 의사 선생님과 상담을 하는 것이 좋겠다고 권하였다. 다행히 선우 부모님은 모든 것을 수용해 주셨다. 그리고 선우는 부모님 덕분에 회복이 되었다.

사실 우리는 잠시 이 세상에 살다 가는 것뿐인데 어떻게 살아야 할지 참으로 의문이다. 몸과 마음이 편안하게 살다 가면 좋으련만, 우리는 왜 그다지 중요하지 않은 일로 마음을 부대끼며 살아가는 걸까.

60. 귀여운 남준이

신입생들은 모두 귀엽고 사랑스럽다. 아직 솜털이 보송하고 얼굴 윤곽도 둥글다. 병아리 같다. 말하는 모양새도 다정하고 귀엽다.

그중에서도 태권도를 배우고 있는 남준이는 작고 귀여웠다. 태권도를 잘 배워서 체육고등학교로 진학하고 싶단다. 태권도나 유도 같은 운동을 너무 어려서부터 하면 키가 잘 자라지 않는다는 말을 어느 체육 선생님에게 들었었다. 체육 선생님 말씀이니 일리가 있는 말씀일 것이다. 그래서 남준이가 특히 키가 작은 것일까 염려가 되었다. 하지만 태권도 선수가 되는 것이 남준이의 꿈인데 어설프게 그런 얘기를 할 수는 없었다. 그저 키가 잘 자라야 할 텐데 마음속으로만 생각하였다.

두 가지 일이 떠오른다.

어느 날 교사 식당에서 점심을 먹고 나오다가 복도에서 남준

이와 마주쳤다. 남준이가 이마를 문지르며,

-선생님, 턱에 뭐 묻었어요.

한다.

얼결에 이마를 문질렀다. 남준이가 이마를 닦아내는 포즈를 하고 있었으니 말이다.

-에이, 선생님, 그게 턱이예요?

깔깔거리며 달아난다.

하루는 내가 교무실에서 검은 머리핀을 양쪽에 꽂고 일을 하고 있었다. 나비 모양의 검은 머리핀은 집에서는 늘 꽂고 있다. 숱이 많은 단발머리라서 일할 때 흘러내리는 게 귀찮기 때문이다. 지나가던 남준이가 핀 꽂은 것을 보고 웃으며 한마디 한다.

-에이, 선생님 왜 그러셨어요?

아마도 선생으로서의 품위가 없어 보였나 보다.

옛날 첫 학교에서 '선생님이 너무 어려 보여 권위가 부족하니 정장을 입으시면 어때요?' 하던 승주가 생각났다.

귀여운 남준이는 이제 의젓한 어른이 되어 있을 텐데, 어디서 어떻게 살고 있을까.

61. 1학년 3반의 추억

담임은 초등학교를 갓 졸업하고 올라온 1학년을 맡게 되면 매사 시시콜콜히 알려주어야 한다. 초등학교와는 많은 것이 다르기 때문이다. 담임이 매번 친절한 길잡이가 되어 주어야 한다.

소풍이나 백일장, 사생대회에 갈 때도 초등학교에서는 선생님이 처음부터 인솔하여 데려가는데 중학교는 그렇지 않다. '경복궁 정문 앞에 9시까지 모여요' 하면 끝이다. 각자 알아서 가야 한다. 이럴 때 1학년에게는 전부 설명이 필요하다.

'버스와 지하철 노선이며, 걸리는 시간이며, 혼자 오면 문제가 생길 수 있으니 두세 명씩 짝지어 오라느니 등등'

딴청을 하다 다시 질문하는 아이도 많아 거듭 설명해야 하는 경우가 많다. 인내심 훈련이다.

야외 행사를 하는 날은 모처럼 사복을 입는 날이라 아이들은 복장에도 신경을 많이 쓴다. '공원이나 고궁에는 벤치가 많지 않아 풀밭에 앉거나 나무 그늘에서 글을 쓰고 그림을 그려야 할 수도 있으니 여학생들도 치마보다는 편한 바지를 입고 오라'고 했다.

다른 생각을 골똘히 하고 있던 태윤이가 아주 난처한 표정으로 불쑥 묻는다.

-남학생들도 치마를 입고 와야 돼요?

태윤이의 경우는 장난이 아니고 실제로 진지하게 묻는 것이다.

-아니, 여학생들도 바지 입고 오는 게 좋아요.

학교 급식을 개선하기 위해서 한 달에 한 번 설문 조사를 하는데, 일요일 아침 식사 여부를 묻는 항목이 있었다. 태윤이가 또 묻는다.

-선생님, 11시쯤 일어나 밥을 먹으면 그건 아침인가요, 점심인가요?

-응, 그 후에 네가 밥을 두 번 더 먹으면 그건 아침이고, 한 번만 더 먹으면 그건 점심이 되겠네.

-아! 네.

아무튼 나중에 들려온 소문에 의하면 태윤이는 부산에 있는 영재고등학교로 진학했다고 한다.

1학년 3반과의 추억이 참 많았다.

그런데 다음 해에 나는 다시 서울 시내이긴 하나 교육청 간 전보를 하게 되어 멀리 가게 되었다. 아이들이 어떻게 성장하는지 2, 3년간 지켜볼 기회를 놓치고 말았다.

선우는 잘 지내고 있는지, 총명하지만 어딘가 엉뚱한 태윤이는 여전히 그러고 있는지, 작은 귀염둥이 남준이는 잘 자라고 있는지, 착하고 통솔력 있었으나 앞장서서 실내화 바람으로 운동장으로 뛰어나가던 반장은 여전히 반장을 하고 있는지, 곰처럼 생겼어도 순하기만 했던 영식이는 좀 날렵해졌는지, 우르르 운동장으로 몰려나가다 결국은 얼어 있던 서편 현관문을 깨뜨리는 바람에 애꿎은 수인이가 다리를 다쳐 한 달간 휠체어를 탔었는데 어떻게 지내고 있는지, 은연이는 학교에 잘 다니는지, 성윤이는 이제 청소 시간에 도망가던 일을 멈추었는지, 많은 것이 궁금하고 그리웠다.

62. 모두가 좋아하는 재웅이

새 학교로 왔다.

이 학교에는 학년 별로 특별학급이 한 반씩 있다. 외국에서 2년 이상 살다 온 학생들로 편성되어 있다. 영어를 잘하는 아이들이 많아 쉬는 시간에는 영어로 떠들기도 한다. 한국어 수준은 좀 천차만별이다. 그래도 부모들의 교육열이 높으니 그렇게 문제 될 정도로 뒤떨어진 학생은 없다.

나는 2학년 특별학급에 수업을 들어가게 되었는데, 어느 날 박목월의 시 〈가정〉을 배울 때다. 한 학생이 질문을 한다.

-선생님, '가정과 가족'이 어떻게 다른 건가요?

어떻게 설명할까 잠깐 생각하다가

-가족은 family, 가정은 home이라고 생각하면 되겠네요.

그 후 그 아이를 유심히 보게 되었다. 모든 아이들이 그 애를 좋아하였다. 재웅이라는 이름을 놔두고 모두 그 아이를 별명으로 부르며 친근하게 여겼다. 머리가 살짝 곱슬이고 피부도 살짝 검은 편이니 그 아이가 살다 온 동남아 어느 나라의 사람들과 조금

닮은 것 같기도 하였다. 별명이 그 나라 이름의 앞 두 글자다. 가만 보니 선생님들도 모두 그 아이를 좋아하였다. 교감 선생님도 그 아이를 좋아하는 모양이었다. 재웅이는 다감한 성품에 발이 넓어 사방팔방 다니면서 인사를 잘한다.

가을 체육대회였다.

우리 반은 50m 달리기 결승선 부근의 스탠드에 앉아 있었다. 50m 달리기가 한창 진행되어 재웅이와 우리 반 아이들 그리고 또 그밖의 다른 반 아이들이 간발의 차이로 몰려 들어오는데 우리 반 여학생들이 모두, 옆 반의 재웅이를 응원하고 있었다.

-00야, 달려라 달려! -이겨라 00!

신기한 일이었다. 00는 별명이다.

재웅이는 그 다음해 우리 반이 되었다. 나는 그 애 담임이 된 것이 얼마나 기뻤는지 모른다.

세월이 한참 지나, 재웅이가 내가 살고 있는 춘천에도 두 번인가 다녀갔는데, 그 후 내가 핸드폰을 잃어버리고, 또 사정이 생겨 핸드폰 번호를 바꾸면서 바뀐 번호 자동안내 시스템 이용도 거절하게 되어 재웅이와 연락할 수 없게 되었다. 영 소식을 알 수 없다. 섭섭한 일이다.

63. 전기문 '이육사'

3학년 수업시간, '이육사' 전기문을 배울 차례였다.

아이들에게 책을 펴 놓으라 하고, 뒤돌아서서 칠판에 단원의 제목과 학습목표를 적고 있는데,

-어, 뒈졌네.

하는 어느 남학생의 목소리가 크게 들린다. 누군지 알 것 같은 목소리다. 품행이 불량한 학생은 아니다.

이 학교에 와 보니 예의바르면서도 왠지 좀 까다롭고 쉽게 곁을 주지 않는 아이들이 종종 있다. 먼저 학교의 아이들과는 많이 다르다.

전기문이 시작되는 단원의 맨 앞 페이지에는 간단하게 정리해 놓은 연표가 있다. 이육사의 생애를 요약한 그 연표를 들여다보다가 생몰연도를 보았나보다.

분필을 든 채로 돌아섰다. 수런수런하던 아이들도 놀라 모두 입을 다물고 일제히 나를 바라본다.

그 남학생을 잠깐 쳐다보다가 한마디 했다.

-김영수! 네가 죽으면 뒈진 거고, 이육사는 돌아가신 거야.

그 이상 다른 말은 하지 않고 바로 수업을 시작하였다. 아무도 아무 말을 하지 않는다. 조용하다. 수업도 별일 없이 진행되었다.

어쩌다 그 일이 생각날 때가 있다. 아마 영수도 영리한 아이였으니 내 말이 상처주고자 한 것은 아니라고 알았을 것이다. 단지 험한 말을 함부로 하지 말라는 경고였을 뿐이다.

64. 가출

정준이가 집을 나갔다. 연락이 안 된다. 부모님도 걱정이 많으시다. 학교에 오지 않은 지 이틀째다. 삼 일째에 심드렁한 표정으로 나타났다. 그동안 찜질방에서 지냈는데 감기몸살에 걸려 할 수 없이 집으로 들어갔단다. 이마를 짚어보니 아직도 열이 좀 있다.

정준이는 키도 크고 잘 생겼다. 중3이 아니라 대학생이라 해도 믿을 만한 외모다. 서울 근교 어디서 1학년 말에 전학을 왔는데, 1학년 생활기록부를 보면 학급 임원도 하고 성적도 좋은 편이었다. 그런데 어쩌다 저렇게 수업 중에 엎드려 잠만 자게 되었는지 모를 일이다.

머리는 명석한 편이다. 깨워도 깨워도 일어나지 않고 엎드려 자다가 졸다가 하더니 갑자기 벌떡 몸을 일으켜 내 질문에 대답을 할 때가 있다. 아무도 답변을 하지 못하고 있었는데, 졸던 정준이가 정확한 답변을 한다. 어떻게 답을 알았느냐 물으니 졸음

결에 듣고 그런 생각이 들었단다.

과학 선생님도, 정준이가 공부에 영 흥미가 없고 성적도 나쁘지만, 머리는 좋은 편이라고 말씀하셨다.

잘 생기고 총명한 정준이가 집을 나갔었다. 가출이다. 어떤 일에 대해 아버지와 의견이 심하게 대립되어 화가 나서 집을 나갔었다고 한다. 딱히 갈 데도 없어 찜질방에서 밤을 보냈는데 몹시 아팠단다. 아팠던 것은 사실이니 병결로 처리하기로 했다.

정준이에게 다음과 같은 다짐을 했다.

'아버지와 너의 생각이 다를 수 있다. 때에 따라서는 네 의견이 옳을 수 있다. 그러나 아버지는 또 나름대로 자신의 의견이 옳다고 생각하실 거다. 그런데 지금 너는 전적으로 아버지의 보호 아래에 있다. 아버지의 돈으로 학교에 다니고 먹고 살고, 보살핌도 받는다. 웬만큼 중요한 일이 아니라면 아버지와 맞서지 마라. 아버지 의견을 존중해라. 어른이 되어 독립하면 그때 네 마음대로 네 인생을 살아도 된다.'

정준이는 그 후 공업고등학교에 진학하였고, 학생회장도 하면서, 한양대학교 공과대학에 진학하리라는 꿈을 품고 공부도 열심히 하고 있었다. 성적도 우수하였다. 방과 후에는 가끔 모교로 놀러와 소식을 전하기도 하고 운동장에서 농구를 하다 가기도 했다.

65. 연지의 꿈

우리 반 연지는 밝고 명랑하다. 거침이 없다. 나에게도 하고 싶은 말이 있으면 주저 없이 한다. 친구들과도 늘 웃으며 대화를 나누고 구김살이 전혀 없어 보였다. 가정은 경제적으로 매우 유복한 편이다. 연지는 초등학교 때 친구와 함께 외국에 어학연수도 1년 다녀왔다.

그런데 연지가 1학기가 끝나갈 무렵부터는 눈에 띄게 산만해지고 소란스러워졌다.

어느 날 교실에 들어가 보니 아이들이 물벼락을 맞고 교실은 엉망이 되어 있었다. 아이들이 '연지가 물을 떠다 학급 아이들에게 뿌렸다'고 한다. 교실 바닥에도 많은 양의 물이 뿌려져 있었다.

한 아이가 내가 모르는 사실도 알려준다. 연지가 학교에서는 그렇게 명랑한데 집에 가면 말도 거의 없고 얌전하며, 어머니에게 매우 순종적이라 한다.

우선 연지의 성적을 자세히 살펴보니 이상하게도 수학만 터무

니없이 점수가 낮았다.

3월 말에 학부형 총회를 했었다. 연지 어머니는 참석하지 않으셨다. 모든 분이 참석하는 것은 아니니까 참석하지 않은 것이 이상할 것은 없었지만, 집도 아주 가깝고 특별히 직장생활을 하시는 것도 아니니 생각해 보면 참석하실 만도 한데, 참석하지 않으셨다.

연지가 외국에도 부모 없이 다녀온 아이이고 하니, 중학교 생활에 잘 적응하고 있나 궁금하실 것도 같은데 한 학기 내내 아무 문의도 없으셨다, 혹시라도 학교에 안 좋은 선입견을 가지고 계신 건 아닌가 싶어 연락하기가 망설여졌다.

그래도 전화를 했다. 물벼락 사건도 말씀드려야 했고, 수학이 특별히 성적이 저조한 이유도 궁금해서다.

뜻밖에 연지는 수학 과외지도를 받고 있었다. 그런데 며칠 전에 수학 과외 선생님이 고민하던 것을 어머니에게 말씀했다고 한다. 과외 시간에 연지가 문제도 풀지 않고 시간만 보내면서, 전혀 공부를 안 한다고. 연지 어머니가 그 사실을 처음으로 알고 염려를 하던 차에, 내 전화를 받은 것이다.

연지가 미국에서 어떤 시간을 보냈는지는 아무도 모른다. 힘에 부쳤거나 외로움에 지쳤을 수도 있다.

상의 끝에 연지는 자신이 원하는 대로 기악 공부를 하기 위해, 예술중학교로 전학을 갔다. 연지가 일반 중학교와는 다른 새로운 풍토의 새 학교에서 잘 지내고 있다는 말씀을 우연히 만난 연지 어머니에게 전해 들었다.

66. 일탈행동

3월 말 학부형 총회 때 일이다. 10여 분의 어머니들이 학교에서 주최하는 행사에 참석하신 후, 교실에서 나와 여러 가지 이야기를 나누셨다. 담임으로서 해야 할 일이라든가 담임으로서의 소신 같은 것을 물으셨다.

다들 집으로 돌아갈 채비를 하며 일어서 나가시는데, 준경이 어머니가 뒤에 남아 내게 묻는다.

-우리 준경이 별다른 문제 없나요?

-아무 문제 없이 잘 다니고 있습니다.

내 대답에 어머니가 조금 이상하게 웃으셨다. 의아한 마음이 들었다. '잘 다닌다' 하면 안심할 일 아닌가.

준경이가 주의력결핍 과잉행동장애 증상이 있다고 말씀하시며, 담임이 왜 아직까지 눈치를 못 챘느냐는 표정이시다. 섭섭한 얼굴이시다.

2학기가 되었다. 그런 준경이가 오늘 일을 저질렀다. 그동안 좀 더 관심을 가지고 보살폈는데 일이 터졌다.

사회 선생님이 화가 나 얼굴이 붉어진 채로 내게로 와서 자초지종을 설명하신다. 사회 선생님은 부임한 지 몇 년 안 된 젊은 여선생님이었다. 준경이가 수업 중에 큰 소리로 수업을 방해하길래 잠시 교실 밖에 나가 있으라 했더니, 교실 뒷문을 발로 차면서 선생님을 향해 험한 욕을 했단다. 입에 담을 수 없는 욕설이다. 젊은 선생님이 감당하기 어려운 일이 벌어졌다. 어떻게 해결해야 할지 몰라 담임에게 도움을 요청한 것이다.

바로 준경이 어머니에게 전화를 걸었다. 일어난 일을 말씀드리고, 학교에 오셔서 사회 선생님에게 사과하셔야 할 것 같다고 했다. 어머니는 그 말을 이해해 주셨다.

종례시간에 교실에 들어가 아이들에게도 알렸다.

'준경이는 오늘 엄청난 잘못을 저질렀다. 있을 수 없는 일이다. 그러나 준경이는 미성년자다. 그러므로 준경이 부모님에게도 책임이 있다. 준경이 어머니가 오늘 오셔서 사회 선생님에게 사과하실 거다. 준경이도 종례 후 즉시 사회 선생님을 찾아가 잘못했다고 용서를 빌어라.'

부모님이 오셔서 사과해야 할 일이라면 아이들에게 경각심을 줄 것이라는 판단을 했다. 다른 방법이 없었다. 준경이 어머니가 오셔서 사과를 하셨으니, 사회 선생님도 어느 정도 명예를 회복하신 셈일까.

67. 영리한 형언이

형언이는 영리한 아이다. 총명하여 수학 성적도 아주 좋다. 그러나 주의력 결핍 때문이었을까. 1년간 담임을 하면서 여러 가지 일을 겪었다.

어느 날 어머니가 전화를 하셨다. 형언이가 방과 후에 곧장 집으로 오지 않고 게임방에 자주 들른다 한다. 그 빈도가 점점 높아지는데 아무리 달래도 말을 듣지 않아 걱정이라고 하셨다. 담임 선생님이 한 말씀 하시면 좀 듣지 않을까 하여 전화하셨단다. 한 번 불러 이야기를 나누어 보겠다고 했다.

방학을 앞두고 형언이를 교무실로 불렀다.

-형언이, 게임방에 자주 간다며? 어머니가 걱정하시던데.

-네.

-형언이가 게임방에 가는 것을 누가 말릴 수 있겠니? 선생님이 말릴 수 있을까, 어머니가 말릴 수 있을까? 24시간 따라다니

며 감시할 수 있는 것도 아닌데.

-…….

-말릴 수 있는 사람은 오로지 형언이 자신뿐이야. 형언이 너, 총명한 사람이잖아. 오늘날 중요한 리더십은 자기 통제인데, 형언이는 할 수 있잖아. 부모님이나 선생님이 아니라 형언이 자신이 자기 절제를 해야만 하는 거지.

-…….

형언이는 아무 말 없이 앉아 있다. 별다른 말은 하지 않고, 자기 통제의 중요성을 이야기해 주었다.

방학을 하고 다시 개학을 했다. 열흘쯤 지났는데 또 형언이와 관련된 사건이 생겼다. 그 사건은 적지 않기로 한다. 형언이 어머니와 말 나누는 김에 형언이가 여전히 게임방에 들락거리고 있는지 물어보았다.

-아, 그게 이상해요. 어쩐 일인지 형언이가 게임방에 잘 가지 않네요.

내가 형언이와 상담을 했는지 어쨌는지는 묻지 않으시기에 나도 그것에 관해서는 아무 말도 하지 않았다. 상담의 결과인지 아닌지 모르겠으나 영리한 형언이가 게임방에 가지 않는다니 그걸로 되었다 싶었다.

주의력결핍 과잉행동장애 증상을 겪는 사람 중에 영리한 사람이 많고, 상당수는 어른이 되면 나아진다고 한다. 형언이도 꼭 그렇게 되었길 바란다.

68. 5월의 선풍기

교실에 들어갔더니 모든 창문을 꼭꼭 닫고 온 선풍기를 돌리고 있다. 미처 체육복을 갈아입지 못한 아이도 있었다. 아직 5월이라 그리 무더운 날씨는 아닌데 아마도 방금 체육시간을 마쳐, 몹시 더울 것이라고 이해는 되었다. 그러나 창문을 열면 시원한 바람이 부는 계절이니 선풍기를 돌릴 필요는 없어 보였다.

선풍기를 모두 끄고 대신 창문을 전부 열어놓으라고 했다.

한 아이가 항의한다.

-선생님, 우리가 낸 세금으로 선풍기 좀 돌리겠다는데 왜 끄라고 하세요?

-세금? 세금은 아마도 내가 너보다 많이 낼 걸? 이건 세금의 문제가 아니라 전기 총량의 문제예요. 여름철을 대비해서 가능한 전기를 아껴 써야지.

그 아이 집보다 내가 더 세금을 많이 내는지 그건 알 수 없다. 다만 전기를 아껴 써야 한다는 말을 한 것뿐이다.

창문을 모조리 활짝 열고 수업을 하였다.

69. 컨닝 사건

젊은 선생님이 우리 반 시험 감독을 하셨다.

사회 과목 시험이었다. 끝 종이 울리고 답안지를 걷는데 한 아이가 뒤돌아보더니 뒤편 아이의 답안지를 보고 주관식 답을 얼른 고치더란다. 시감 선생님이 보시고 야단을 치셨다. 아이들이 모두 주목하고 있는 가운데, 그 학생은 컨닝한 게 아니라고 끝까지 우기니 경험이 적은 젊은 선생님은 당황하셨다. 그 아이를 담임인 나에게 데리고 왔다.

그 아이 답안지를 들여다보았다. 다른 주관식 문제의 답안은 검정 볼펜으로 가지런히 써져 있는데, 그 문항만 검은색으로 썼던 것을 급히 줄을 그어 지우고 파란 볼펜으로 휘갈겨 다시 썼다. 얼결에 파란 볼펜을 집었는가? 보고 쓴 게 분명하다. 그러나 순간적으로 일어난 일이니 촬영을 해 둔 것도 아니고, 교실에 CCTV가 있는 것도 아니고, 계속 우기면 난감하다.

그 아이는 그 아이대로 불안했을 것이다. 컨닝이라는 것이 분명해지면 학생생활지도부로 넘겨지고 학칙에 따라 큰 처벌을 받게 된다.

중간 지점을 찾기로 했다. 검은 볼펜을 주면서 간명하게 지시했다.

-이 답안지 중에 네가 남의 것을 베낀 것만 지워.

아무 말 안 하고 파란 볼펜으로 쓴 것을 지운다.

-다시는 이런 짓 하지 마라.

그 아이를 따라 우리 반에 올라가 종례를 마쳤다. 아이들도 다행히 아무 소리 안 한다. 그 정도로 해결이 되었으니 마음 놓을 수 있었다.

70. 사업가 마인드

겨울이었다. 날씨가 꽤 쌀쌀해졌다. 그래도 아직 체육 수업은 밖에서 한다. 한참 뛰다 보면 추위를 잊지만, 여전히 손발은 시리고 얼굴도 시리다. 이런 계절에는 누구나 따뜻한 차 한 잔이 생각나는 법이다.

3학년 어느 반 반장이 이 상황에 아이디어를 떠올렸다. 체육 시간이 있는 날에는 율무차를 끓여 커다란 보온병에다 가득 담아 온다. 작은 종이컵 한 잔에 500원을 받고 판다. 아이들도 추운 날 교실에 들어와 따뜻한 율무차 한 잔 마시는 일이 매우 행복했다.

어느 날 담임이 이 사실을 알게 되었다. 황당해하시며 반장을 야단치셨다. '친구들에게 그냥 주면 주는 거지, 무슨 돈을 받고 파느냐'고 한참 훈계를 하신 모양이다.

나처럼 그 담임도 국어과 선생님이셨는데 나와는 생각이 많이 다르다. 사람들의 생각은 다 다른 법이다.

물론 나도 그 사실을 알게 되면, 교실이 장터가 되면 안 되니까, 하지 말라고 말리기는 했을 것이다. 아이들이 이 물건 저 물건 가져다 파는 장터가 되도록 놔둘 수는 없다. 그러나 나라면 나무라는 대신, 사업 아이디어가 참신했다고 칭찬을 했을 것이다. 그 사업가 마인드로 아마도 나중에 큰 사업가가 될 거라고 예언도 해 주었을 것이다.

따뜻한 차를 가져와 친구들하고 나눠 먹을 수도 있다. 인정스럽고 좋은 일이다. 그러나 그 반장이 기획한 것은 그런 소규모의 친목이 아니고, 아침 일찍 일어나 커다란 주전자에 물을 끓이고, 차를 만들어 무거운 보온병을 들고 학교까지 오는 사업을 구상한 것이었으니 돈을 받고 판매하는 것을 나무랄 수 없다. 다만 장소가 학교이므로 확산이 되지 않도록 말릴 뿐이다.

스티븐 스필버그도 13살 때인가, 아버지가 사준 카메라로 단편 영화를 찍어 마당에 소규모 영화관을 만들고 마을 사람들에게 돈을 받고, 입장시켰다고 한다. 스필버그는 자라서 위대한 영화감독이 되지 않았는가. 어려서 하는 행동을 보면 대강 어떤 어른이 될지 보이는 아이들이 있다. 싹수가 노란 것이 아니라 푸르게 빛나는 것이다.

그 담임이 하는 말을 들으면서, 내 생각을 말하지는 않았다. 속으로만 생각했다. 그런데 가끔 그 아이가 어떤 어른이 되었을지 궁금해진다.

71. 천사

논문을 써야 하는 학기라 담임을 면제받았다. 우리 집 아이들이 다 크고 나서 대학원에 입학하여 학교상담을 공부하게 되었다. 평소에는 대학원에 다닐 수 없으니 계절제를 택했다. 여름방학, 겨울방학에 몰아서 공부하는 시스템이다. 그래서 2년이 아니고 3년을 다녀야 한다.

담임을 하면 내 학급이 있으니 소속감도 있고 즐거운 일도 더 많다. 그러나 담임을 면제받으면 해야 할 일이 절반으로 줄어든다. 스트레스받을 일도 거의 없다. 심신이 편하다. 그래서 많은 선생님들이 담임 면제받기를 원하지만, 출산이라든가 가족의 간병이라든가 하는 특별한 일이 없는 한 담임을 벗어나기는 어렵다.

논문을 써야 할 뿐 아니라 전공이 〈학교상담〉이다 보니, 전문상담교사 자격증을 가진 선생님이 있는 학교에서 상담 실습을 해야 한다. 작년까지는 우리 학교에 전문 상담교사 자격증을 가진 선생님이 없었다. 그렇다면 다른 학교에 가서 실습을 해야 한다. 그것은 현실적으로 매우 어려운 일이다.

그런데 올해 우리 학교에 전문 상담교사 선생님이 발령을 받아 오셨다. 전문 상담교사 자격증을 가진 선생님이 있어도 다른 교과 수업을 하면서 자격증을 취득하신 경우가 대부분인데, 다른 교과 수업을 하지 않고 상담을 전문으로 하는 선생님이 그것도 바로 내 옆자리에 오신 것이다.

얼마나 다행인가. 나는 그 선생님을 지도 교사로 하여 상담 실습을 할 수 있었다. 그 선생님은 하느님이 나를 위해 보내주신 천사처럼 느껴졌다.

계절제 수업을 받다가 한 학기 휴학하고 남편과 미국 동부에 가야 할 일이 생겼을 때다. 이왕 온 김에 자동차를 렌트하여 동부 지역을 남쪽에서 북쪽으로 여행하기로 했다. 아무것도 예약하지 않고 흘러가는 대로 여행을 하였다.

《앵무새 죽이기》의 저자인 하퍼 리를 기념하는 문학관에도 들르고, 애틀랜타에 있는 에모리 대학도 구경하였다. 그 대학 앞의 어느 식당에 학생들이 줄지어 서 있길래 우리도 그 뒤에 서 있다가 해물 볶음면을 사 먹었다. 정말 맛있었다. 몸과 마음이 자유로웠다. 여름인데 날씨도 청명했다.

워싱턴에 진입할 즈음 문제가 생겼다.

갈림길에서 방향을 정하지 못하고 우왕좌왕하다 무엇을 밟았는가 타이어에 구멍이 났다. 밤 9시쯤이었는데 다행히 갈림길 사이에 작은 공터가 있어 일단 거기에 차를 올려놓았다. 임시 타이어로 갈아 끼워야 하는데 도구도 없고 해 본 경험도 없어 어찌해야 할지 몰랐다. 차 안에서 밤을 새워야 하는 불행한 일이 생길 수도 있었다.

그런데 옆 차선 한쪽에 낡고 작은 트럭이 서더니 허름한 차림새의 나이든 남자분이 내려, 차 트렁크를 열고 무언가를 찾고 있다. 어떤 사람인지 알 수 없어 도움을 청하기가 겁이 났다. 그래도 조심스레 다가가 도움을 청하니, 그분이 타이어를 갈아 끼워 주셨다.

사례를 넉넉히 하고 싶은데 지갑에 현금이라고는 25불뿐이었다. 더 드릴 수 없어서 참으로 미안했다. 그때도 그 남자분이 어디선가 나타난 천사처럼 느껴졌었다.

특별한 종교를 갖지 않은 나도 가끔 '하느님'이나 '천사'의 존재를 느낀다고 할까. 파울로 코엘료의 《연금술사》에는 '간절히 바라면 온 우주가 그 소망이 실현되도록 도와준다', '무언가를 온 마음을 다해 원한다면, 반드시 그렇게 된다'라는 구절이 있다.

72. 그리운 승현이

승현이 이야기를 빠뜨릴 수 없다.

1학년 때 우리 반 반장이었던 승현이는 마음결이 곱고 예의바르다. 종례를 마치고 나면 모두 집으로 돌아가느라 앞뒤 출입문을 열고 부산하게 떠나는데, 승현이는 늘 교탁 앞으로 나와 내게 45도로 절을 하고 갔다.

성실하고 공부도 열심히 하는 승현이는 수학이 어렵다고 걱정을 했었다. 아버지가 공과대학인지 수학과인지를 나오신 분이라 아버지에게 가르침을 받으면 안 되냐고 했더니, 쉬운 문제도 잘못 푼다고 야단을 하셔서 아버지에게 배우는 것은 좀 어렵다고 한다.

아버지와 아들의 관계는 어려운 경우가 많다. 아마도 아들에 대한 아버지의 기대가 딸에 대한 기대보다 더 크기 때문인 듯하다. 그러다 보니 사이가 나빠지는 부자관계도 종종 보게 된다. 승현이의 경우는 그렇지는 않은 것 같았다. 다만 자신이 쉬운 과목으로 생각했던 수학을 아들이 어려워한다는 것을 납득하지 못하시는 듯하다.

2학년이 되어서도 승현이는 가끔 와서 인사를 하고 갔다. 어느 날은 자기 반에서 작은 과일 파티를 했다고 포도를 한 송이 씻어서 가지고 왔다. 참으로 고마운 일이다. 그런데 이상하게 고마운 사람의 고마움을 깊게 새기지 못하고 지나갈 때가 많다. 나도 승현이에게 그랬던 것 아닌가 싶어 안타깝다. 늘 베풂을 받으니 소중한 줄 알면서도 그에 상응하는 대접을 하지 못했던 것 아닌가 싶다. 어쩌면 신경 써야 할 아이들이 많으니, 알아서 잘하고 있는 승현이에게는 오히려 관심을 더 많이 줄 수 없었는지도 모르겠다.

졸업할 무렵에는 나에게 선물을 주고 갔다. 자신이 커서 돈을 많이 벌게 되면 몽블랑 만년필을 사 드리겠다고 약속을 하면서 만년필을 선물하였고, 우주인 같이 생긴 USB도 주고 갔다. 나는 승현이에게 졸업 선물을 했던가? 기억에 없는 것을 보니 졸업 선물조차 하지 않았나 보다. 많이 후회스럽다. 나도 가끔 아이들에게 책도 선물하곤 했는데 왜 승현이에게는 아무것도 준 적이 없는 걸까.

한동안은 승현이 연락처를 가지고 있었는데 그것도 핸드폰과 함께 잃어버렸다. 연락을 받을 길도, 연락을 할 길도 없는데 가끔 승현이가 그립다.

73. 실내화

4층 복도를 지나가는데, 4층에서부터 실외화를 신고 집에 가는 아이를 보았다. 불러 세웠다.

-왜 여기서부터 운동화를 신고 가는가?

-왜 저한테만 그러세요. 저 끝에 벌써 운동화 신고 내려간 아이도 있는데 저한테만 그러시면 불공평하잖아요.

볼이 잔뜩 부어서 공평, 불공평을 얘기한다. 반성의 기색은 전혀 없다. 운동화 신고 가던 것을 들켜서 부끄럽다거나 민망하다는 생각도 안 한다. 다른 아이들도 4층에서부터 운동화를 신고 갔는데, 자기만 선생님에게 잡혀 억울하단다.

-불공평? 경찰이 놓친 도둑 있다고 잡은 도둑 놓아주어야 하나? 하물며 나는 경찰도 아니고 선생인데, 네가 운동화 신고 복도로 걸어가는 것을 보고도 못 본 척해야 하는가?

이해가 되었는지 얼른 실내화로 갈아 신는다.

실내화가 참 골칫거리다. 학교 건물 밖에서는 실외화로 정한 각자의 운동화를 신고, 건물 안에서는 오이처럼 생긴 실내화를 신게 되어 있다. 잠시 운동장에 나갔다가 들어올 때도 반드시 갈아 신어야 한다. 많이 불편하긴 하다. 그러다 보니 아이들이 슬쩍 실내화를 신고 운동장으로 나가기도 하고, 실내화를 교실에 둔 채 교실에서부터 운동화를 신고 하교하기도 한다. 매번 지적하고 훈계해야 하는 일도 어지간히 성가신 일이다.

어느 해였던가, 교사들이 회의를 하고 실내화를 없애본 적이 있다. 외국처럼 실내, 실외 신발을 구별하지 않고 다니도록 해 보았다. 그러나 내가 아는 바로는 실내, 실외화를 구분하지 않는 미국은 운동장이 아스팔트나 시멘트로 되어 있고 때로는 푸른 잔디밭이다.

우리 교실에 먼지구름이 뭉게뭉게 피어올랐다. 중학교 남자아이들은 잠시도 가만있지 않고 움직이니 흙먼지가 안개처럼 자욱하다. 건강을 해칠 것 같아 도저히 안 되겠다. 한 달도 되지 않아 실내화를 다시 신기로 하였다.

오이처럼 생긴 운동화형 실내화 대신 슬리퍼를 실내화로 신게 되었다. 슬리퍼를 신으면 그대로 운동장으로 뛰어나가 농구, 축구 등을 할 수 없으니 대체로 실외화로 잘 갈아 신는다.

그러나 아예 처음부터 실내화를 신고 등교하는 아이도 생기고, 슬리퍼를 신은 채 이리저리 뛰다 끈이 끊어져 한쪽 발은 양말인 채로 다니는 아이도 생겼다. 이래도 저래도 문제다.

담임인 나는 그해에 사이즈가 다른 두 켤레의 슬리퍼를 준비해 놓고 끈 끊어진 아이에게 하루 무료 대여를 했다. 그러나 제때 회수되지 않는 경우가 많아, 관리하기가 쉽지 않았다. 그래서 슬리퍼 실내화 무료 대여는 한 해만 하고 말았다.

74. 전학을 보내다

학급 아이들에게 독서 지도를 하고 있는데, 율이는 전혀 독서를 하지 않는다. 나를 대하는 태도도 사뭇 저항적이다. 이상하였다. 학기 초에는 나에게 목캔디도 주면서 상냥한 얼굴이었는데 왜 저렇게 변했는지 모를 일이다.

율이 주변을 유심히 살펴보았다. 학급에서 가장 다루기 어려운 아이와 어울리고 있었다. 온순했던 아이도 이상하게 그 아이와 친해지면 부모에게 반항을 하고, 담임 말도 잘 듣지 않는다.

얼마 전에도 어느 어머니가 전화를 하여 하소연을 하셨다. 착하고 공부 열심히 하고 효녀였던 딸이 갑자기 사소한 일에도 부모에게 대들곤 하여 어찌할지 모르겠다고 울먹이셨다.

내 말도 전혀 듣지 않는 그 아이가 아이들에게 미치는 영향력이 지대하다. 그 아이 환경조사서를 자세히 들여다보아도 별다른 문제가 없어 보인다. 평범한 일을 하시는 아버지와 전업주부인 어머니. 경제적으로도 어렵지 않았다. 무엇 때문에 그 아이가 그런 태도인지 알 수 없었다. 어머니와 상담도 해 보았다. 어머니도 무엇이 문제인지 모르겠다고 하신다. 하지만 어딘가에 분명히 원인이 있을 것이다.

그 아이와 몇 명의 아이가 함께 도둑질을 하였다. 동네 화장품 가게에 가서 몇 아이가 주인을 혼란스럽게 하는 사이, 그 아이가 화장품을 가방에 쓸어 담았다고 한다. 그리고 율이 등에게 나누어 주었다. 그 중 한 아이의 어머니가 딸의 가방에서 저 화장품을 발견하고 담임인 나에게 알려 왔다.

율이는 다른 지방에서 전학을 온 아이였다. 부모는 그곳에 사신다. 초등학교는 거기서 마치고 좀 더 나은 환경에서 공부했으면 하는 부모님의 소망에 따라 서울로 온 것이다. 사촌 언니와 산다고 했던가. 먼 옛날의 복남이가 생각났다. 검사실에서 데려와야 했던 복남이도, 시골 어디에선가 사시는 부모가 복남이가 잘되라는 마음에 서울로 보냈었다.

율이 부모님께 학교로 오시기를 청했다. 아버님이 오셨다.

'율이는 부모님이 계시는 곳으로 전학을 하는 것이 좋겠다'고 말씀드리니 화를 내신다.

'왜 내 아이만 전학 가라 하느냐, 다른 아이들에게도 전학 가라 했느냐?' 하는 말씀이셨다.

'다른 아이들 부모님은 이곳에 계시다. 율이 부모님만 먼 곳에 계시다. 만약 외국에 보낸 내 아이가 그곳 아이들과 어울려 약물을 한다든가 하면 어떻게 해야 하나, 내 아이는 데려와야 하지 않겠나'라는 의미로 말씀드리니 이해를 하셨다.

다행히 율이는 부모님 곁으로 가게 되었다.

75. 논술 채점

국어과이니 아이들과 글짓기 연습을 하거나 시험을 볼 때가 많다. 설명문, 독후감, 신변잡기 등 다양한 형태의 글을 쓰게 된다.

채점 기준은 미리 정해지지만 수학이나 문법과 같은 명료한 정답이 있는 것이 아니니, 점수를 매기는 것이 쉽지는 않다.

포레스트 카터의 소설 《내 영혼이 따뜻했던 날들》을 읽고 써야 하는 논술 문제를 2개 출제했다. 둘 중에 하나를 골라 자기 의견을 나름대로 조리 있게, 글쓰기 양식에 맞추어 쓰면 된다.

이 소설은 부모를 잃고 할아버지, 할머니와 사는 미국 인디언 소년의 이야기다. 제목 그대로 할아버지, 할머니와 함께 사는 그 시절은 영혼이 따뜻했던 행복한 날들이었다. 할아버지는 옥수수로 위스키를 빚어 아랫마을 조그만 잡화상에 내다 판다. 그것이 주 수입원이기도 하다. 당시 미국은 불법으로 빚어 파는 밀주를 금하고 있었다.

아이들이 주로 고른 문제는 '이런 상황에서 할아버지가 불법으로 위스키를 빚어 파는 일을 어떻게 생각하는가?'였다.

서로 다른 생각을 서술하더라도 학생들이 나름대로 조리 있게 의견을 펼치면 모두 높은 점수를 받을 수 있다.

답안지를 걷어 보면 아이들의 답은 정말 다양하다. 글의 분량이 정해준 기준치에 형편없이 모자라는 것도 있다.

아이들의 답안을 우선 글의 양으로 나누고, 들여쓰기, 문단나누기 등의 형식을 갖춘 것과 아무렇게나 쓴 것으로 분류한다. 그 다음에 내용을 읽으며 점수를 매긴다. 10점 만점이다. 전혀 안 쓴 것은 0점이고 부족한 점 없이 잘 쓰면 10점이다.

8점 이하를 받은 아이들과 10점 만점을 받은 아이 중에서 점수에 의문을 제기하는 경우는 없는데, 9점을 받은 학생 중에서 가끔 '왜 9점인가?'를 묻는 경우가 있다. 그래서 특히 9점을 줄 때는 왜 내가 점수를 1점 깎았는가를 분명히 기억해야 한다.

점수가 좀 더 낮으면 '내가 제대로 못 썼는가 보다' 생각하는데, 단지 1점만 감점된 경우는 무엇이 부족했나 궁금해하기도 하고, 자신의 답에 부족함이 없다고 여겨 항의하기도 한다. 9점 받은 학생들만 가끔 문의나 항의를 하는 이 상황은 내게 재미있는 어떤 심리적 현상으로 느껴졌다.

76. 제주도 수학여행

이 학교의 아이들은 대부분 경제적으로 풍요롭다. 그래서 교사들은 수학여행 장소를 제주도로 결정하면서 그다지 고민을 하지 않았다.

모두 김포공항에서 만나기로 하였다. 300여 명의 학생들이 움직이니, 마치 우리가 비행기를 전세 낸 것처럼 보였다. 그런데 한 학년 학생 거의 전부가 한 비행기를 타고 가려니, 사고라도 나면 어쩌나, 비행기 사고는 살아남는 사람이 거의 없는데, 하는 생각에 마음이 몹시 불안했다. 그동안 여러 대의 버스로 이동하며 수학여행을 할 때와는 사뭇 다른 심정이었다.

걱정 끝에 '내 사주에 일찍 죽는다는 말은 없으니 이 여행에서 내가 죽을 리는 없다. 비행기 사고도 없을 것이다. 그렇다면 아이들도 모두 무사할 것이다'라는 이치에 맞지 않는 생각까지 하게 되었다. 그래도 그렇게 생각하니 비로소 마음이 놓여 잠을 청할 수 있었다.

제주도에서의 일정은 버스를 여러 대 빌려 순조롭게 진행되었다. 성산봉 꼭대기까지 올라갔다 오는 여정도 있었는데 한 녀석이 끝내 버스에서 내리지 않겠다고 고집을 피운다. 내리라고 여러 번 요구하니,

-선생님, 저 여기 네 번째 와요. 그만 보고 싶어요. 차에서 쉴게요.

네 번째 온다니 그럴 만도 하다 싶어서 차에서 쉬도록 내버려 두었다. 운전기사님들이 근처에 있으니 안전은 걱정하지 않아도 되었다.

이제 수학여행의 의미가 상당히 퇴색되었다. 예전에는 많은 부모님들이 먹고사느라 바쁘고, 시설이 제대로 갖추어진 곳도 드물고, 외식을 할 만한 음식점도 부족하여 가족들이 함께 어딘가 여행을 간다는 일은 퍽 드물었다. 나만 해도 어렸을 때 가족과 여행을 간 기억이 없다. 그래서 학교에서 단체로 소풍을 가거나 수학여행을 가는 것은 무척 마음 설레는 일이었다. 새 운동화를 사서 머리맡에 두고 잠을 설치기도 했다.

지금은 가족이 함께 여행을 가는 일이 많아졌다. 그러니 소풍이나 수학여행을 간다고 해서 특별히 가슴 설렐 일도 없다.

돌아오는 날에 사고가 생겼다. 비행기에 탑승하기 전에 인원

점검을 하는데 우리 반 아이 두 명이 어디로 갔는지 보이지 않았다. 두 아이는 가방은 그대로 팽개쳐 놓은 채 어디론가 사라지고 없었다.

나는 우리 반의 다른 아이들을 보살펴야 해서 움직일 수가 없었다. 남자 선생님 한 분이 1층부터 3층까지 샅샅이 찾아다녀도 찾을 수 없었다. 비행기 탑승 시간은 점점 다가오고 난감했다. 우선 서울에 계신 두 아이의 부모님에게는 아이들의 실종을 알렸다.

그 당시만 해도 핸드폰을 가지고 있는 아이들이 많지 않았다. 그 아이들도 핸드폰이 없으니 연락할 길이 없었다. 실내 방송을 해도 나타나지 않는다. 어디로 갔는가. 큰일이었다.

탑승 직전에 간신히 아이들을 찾았다. 4층 게임방에서 게임에 몰두하고 있었다. 하마터면 실종된 아이들을 찾기 위해 몇몇 선생님은 제주도에 남을 뻔했다.

수학여행의 의미가 상당히 줄어든 오늘날, 이런 여러 위험을 감수하면서 수학여행을 계속해야 하는 건지 의문이다.

77. 노랑머리

새 학교로 전근을 왔다. 내가 마지막으로 근무한 학교다. 우리 반은 그런대로 괜찮았는데, 이상하게 3반에는 거친 녀석들이 많았다. 아마도 나름대로 사정이 다 있었을 것이다. 3반의 첫 국어 시간에 들어갔더니, 어떤 아이가 복도 쪽 창가 맨 끝자리에서 엎드려 자고 있다. 머리는 노랗고 곱슬하다. 물들이고 파마까지 한 모양이다.

-누군가? 저기 엎드려 자고 있는 사람, 옆 사람이 깨우세요.

-선생님, 그냥 놔두세요. 재는 학교에 나오면 그걸로 잘하는 거예요. 학교 잘 안 와요.

여러 명의 아이들이 입을 모은다.

-그래?

아이들 말대로 그냥 놓아두고 수업을 하였다.

다음 수업에 들어갔더니 다른 자리로 옮겨 앉아 떠들고 있다.

-김영기, 제자리로 가세요.

-여기가 제자리인데요.

영기를 뚫어지게 바라보면서 한 번 더 말했다

-얼른 제자리로 가요.

-여기가 제자리라니까요. 여기가 제자리예요.

화가 치밀었다.

-무슨 소리, 얼른 일어나지 못해. 지난 시간에 저 끝자리에서 잤잖아. 돌대가리인가? 제자리도 기억 못해?

영기 옆으로 다가가 오른손 검지손가락을 똑바로 펴서 영기 코끝을 가리키며 소리질렀다.

영기는 엉거주춤 일어나 제자리로 간다. 속으로 더 반항하지 않아 다행이라고 생각했다.

그런 영기도 재주는 있었다. 노래를 기막히게 잘했다. 내가 '영기가 노래를 참 잘한다'고 다른 선생님에게 칭찬을 하다가 인기척에 돌아보니 마침, 내 뒤에 영기가 서 있었다. 칭찬의 말을 들었는지도 모르겠다. 어느 날부터 영기가 내게 온순해지고 어느 정도 나와 친근한 사이가 되었다.

칭찬은 고래도 춤추게 한다던가?

78. 반말을 듣다

그날 3학년 남학생에게 반말을 들었다.

나는 수업 중에는 경어를 사용한다. 개인적인 만남이 아니라 다수의 학생을 대할 때는 경어를 사용하는 것이 바람직하다고 배웠고, 나도 그렇게 생각하기 때문이다. 아마도 80% 혹은 90% 정도 경어를 쓰고 있었을 것이다. 평소에 경어로 수업을 하면, 화가 났을 때도 학생들을 함부로 대하지 않을 수 있다.

그런데 그날 지윤이가 수업이 끝나갈 무렵 내게 반말을 했다. 교사 생활 30여 년에 처음 있는 일이다. 처음부터 운수가 좋지 않긴 했다. 수업 시작을 하려는데, 지윤이가 교실 앞문을 드르륵 열고 들어왔다. 검고 얇은 잠바를 입고 있었는데 거기에 달린 모자도 쓰고 있었다.

보통, 교사보다 늦게 수업에 들어오는 경우에는 뒷문을 조심스럽게 열고 몸도 좀 구부리고 제자리로 부리나케 가는 법인데, 앞문을 요란하게 열고 교탁 옆을 지나가려 한다. 아직 3월이다.

서로 잘 모르고 있을 때다.

-왜 이렇게 늦었는가?

-오줌 싸느라고요.

-미리미리 해야지. 모자도 벗고.

-싫은데요.

모자를 벗지 않겠다고 맞선다. 그래서 자세히 얼굴을 들여다 보았다. 눈 주위에 멍이 들어 있었다. 지윤이가 아버지에게 종종 맞는 것 같다는, 담임에게 들은 말이 생각났다. 모자를 벗으면 머리를 깎인 흔적이라든가 상처가 있을지도 모른다는 생각이 들었다. 그 이상 추궁하면 안 될 것 같았다. 그냥 자리에 들어가라고 했다.

수업 끝 종이 울리면 나는 웬만해서는 수업을 바로 마친다. 아이들이 단번에 소란스러워져서 집중을 할 수 없기 때문이다. 그런데 그날은 마무리해야 할 대목이 있어 몇 초 더 진행을 하였다.

-그만하지, 그만해!

지윤이 목소리다. 나를 향한 말이 분명하다. 지윤이를 똑바로 바라보면서 물었다.

-김지윤! 지금 누구에게 하시는 말씀?

-저기, 재요.

엉뚱한 아이를 손가락으로 가리킨다.

-그래? 그런 거야?

그냥 넘어가기로 했다. 수업을 마치고 나오는데 개운하지는 않았지만 그래도 그게 최선이라고 생각했다.

79. 돼지와 멸치

우리 반은 그런대로 아이들이 사이좋게 지내는 반이었다. 3학년에 일진이라고 불리며 몰려다니는 학생이 거의 30명쯤 된다는데, 거기 속한 학생도 몇 명 있었지만 큰 문제는 없었다.

그런데 교우관계 조사를 했더니 아주 친하게 지내고 있는 줄 알았던 근우와 영조가 사이가 그다지 좋지 않은 것으로 나왔다. 뜻밖이었다. 그 이후 유심히 살펴도, 여전히 친하게 어울리고 있었다.

마음으로는 가깝지 않은데 친한 척하고 지낼 수 있다니, 어린 나이에 그럴 수 있는가 의아했지만, 어느 정도 이해는 되었다. 그 두 명도 일진이라는 무리의 일원이었으니, 그 무리에서 빠질 수는 없고, 그럭저럭 좋은 사이인 척하는 것일까.

근우는 성품이 밝다. 하고 싶은 말은 다 한다. 한번은 '김근우' 하고 불렀더니, '선생님, 그냥 근우라고 불러주세요.' 한다. 왜 그러는지 물어보지는 않았지만, 아마도 그냥 '근우'라고 부르는 게 더 다정하게 느껴져서일 것이다. 독특한 꿈을 가진 영조도 활달

한 성품이다.

근우와 영조는 가정환경도 그리 나쁜 편이 아니다. 일진에 속해 있는 많은 아이들이 어려운 가정 형편에 마음고생을 하는데, 근우와 영조는 그렇지는 않은 것 같았다.

둘이 체격은 많이 다르다. 근우는 호리호리한 몸매인데 영조는 좀 살이 찐 편이다. 그렇다고 지나칠 만큼 살이 찐 것은 아니고 다른 친구들에 비해 체격이 좀 크다.

그런 영조가 어느 날 하소연을 하였다.

-근우가 저를 맨날 돼지라고 불러요.

-그럼 너는 근우더러 멸치라고 불러.

무심코 말이 튀어나왔다. 해서는 안 될 말이 튀어나왔다. 내게는 선입견이 있었다. 남학생들은 별명으로 불리는 것을 별로 개의치 않는다고 생각했었다. 예전에 근무하던 학교에 남학생만 있는 반에서 거의 모두 서로 동물 이름으로 부르던 기억도 있다.

곧 후회가 되었다.

며칠 후 복도에 떼 지어 모여 있던 아이들이 '선생님이 근우를 멸치로 부르라고 했다면서요?' 하며 재미있어 한다. 가슴이 조마조마했다. 무심코 한 경망한 발언으로 오랫동안 반성하게 되었다.

80. 잃어버린 돈

우리 반의 정규 이야기다. 눈이 사슴처럼 예쁜 아이다. 우리 학교는 자전거 등교가 허락된 학교인데, 정규는 자전거도 참 잘 탄다. 가방을 메고 한 손으로는 샌드위치를 먹으며 자전거를 타고 등교하는 모습도 보았다. 한 손으로 자전거를 몰다니, 당시에 자전거를 탈 줄 몰랐던 나에게는 신기한 풍경이었다.

정규는 철호와 영훈이와 친하다. 삼총사가 되어 늘 붙어 다닌다. 철호는 공부도 잘하는 편이고 가정도 유복한 편이다. 영훈이는 중간쯤 가는 성적에 아버지가 안 계시고, 어머니 혼자 자식들을 돌보느라 애를 많이 쓰신다. 뵌 적은 없다. 정규는 성적은 좋지 않아도 마음씨가 곱다. 정규네도 그럭저럭 살아가는 편인 듯했다.

3학년 모두가 강원도 영월 동강에 래프팅을 하러 갔을 때 일이다.

래프팅을 하기 위해 모두들 탈의실에서 옷을 갈아입었다. 함께 참여하는 선생님도 있었지만 나는 나무 그늘에 앉아 쉬고 있었다.

래프팅을 마치고 다시 옷을 갈아입고 온 정규가 돈을 잃어버렸다고 한다. 엄마가 비상금으로 주신 만5천 원을 바지 주머니에 넣어두었는데 웬일인지 없어졌단다. 혹시 탈의실에 떨어져 있을지 모르니 다시 살펴보라 하였다. 없었다. 버스 안 어디엔가 떨어져 있을지 모르니 모두 주변을 살펴보라 했다. 없었다. 안타까운 일이지만 찾을 도리가 없다.

버스를 타고 숙소로 이동하여 하룻밤을 묵었다. 숙소가 깨끗하여 모두 좋아하였다. 다음 날 아침에 정규가 밝은 얼굴을 하고 내게로 왔다.

-선생님, 잃어버린 돈 중에 만 원을 찾았어요.

-어, 다행이다. 어디서?

-제 베갯잇 속에 들어있었어요.

나는 속으로 '정규야, 도대체 무슨 말을 하고 있는 게냐. 어제 잃어버린 돈을 바지 주머니에서 찾은 것도 아니고 베갯잇 속이라니, 그게 말이 되는 소리냐' 생각하면서도 일단 내색은 하지 않고,

-잘됐구나. 그거라도 찾았으니.

라고 했다.

옆에 있던 영훈이도 만 원을 잃어버렸다고 중얼거리는데, 별

로 안타까운 얼굴이 아니었다. 철호는 양손 엄지손가락으로 정규와 영훈이를 가리키며 '혹시, 이 돈이 그 돈?' 한다.

나도 뭔가 짚이는 데가 있어 더 이상 말을 하지 않았다. 그 정도면 문제 삼지 않는 게 나을 것 같았다.

아마도 형편이 어려워 용돈을 받아 오지 못한 영훈이가 우연히 탈의실 바닥에 떨어진 돈을 주웠는데 그냥 쓰려다가 마음에 걸려, 만 원을 돌려준 것 같았다. 그러면서 자기도 만 원을 잃어버렸다고. 그래야 어제 만5천 원을 가지고 있었던 것의 산수를 맞출 수 있으니까. 그러나 짐작일 뿐이다.

지금 생각해 보면 아마 정규도 그동안의 사정을 다 이해하고 모른 체한 것만 같다. 바지 주머니에 있던 돈이 베갯잇 속에서 나온, 있을 수 없는 일을 아무렇지 않게 말하고 있었으니까.

81. 운서의 학교생활

첫 수업에 들어가 보니 운서가 국어 교과서를 가지고 오지 않았다. 모든 교과서가 없다고 한다. 이제는 중학교 과정은 의무교육이 되어 나라에서 교과서를 무상으로 공급하는데 책이 없었다. 교과서를 받지 못했다고 한다. 그 말을 그대로 믿고 무슨 연유로 교과서를 받지 못했는가도 묻지 않았다.

학교에 여분의 교과서가 있으니, 과목별로 챙겨 주었다. 그런데 다음 국어 시간에도 여전히 운서는 교과서가 없다. '교과서를 왜 가져오지 않았느냐' 했더니 잃어버렸다 한다. '아니, 어제 준 교과서를 오늘 잃어버리다니' 어이가 없었다.

운서가 없을 때 아이들이 운서는 교과서 없이 학교 다니는 아이라고 일러준다. 지금 3학년인데 1, 2학년 때도 그랬다고 한다.

알고 보니 운서는 맨몸으로 학교에 온다. 가방도 필통도 책도 없다. 아무리 버릇을 고치려 해도 고칠 수 없었다. 참 편하게 산다. 가끔은 4교시 후 점심 먹고 사라진다. 사라지는 버릇은 야단도 하고 벌도 주고 하면서 간신히 고쳤다. 홀어머니는 사느라 바쁘시니 세세히 보살펴 주실 여유가 없으신 듯했다.

그런데 이제 청소 시간에 종종 도망을 간다. 자기 멋대로다. 운서 분단이 청소를 하는 날, 앞문을 잠그고 뒷문에는 내가 서서 지키고 있었다. 운서가 빗자루를 들고 쓱쓱 교실을 쓸고 있다. '이제 드디어 마음먹고 제 할 일을 하는구나' 생각했다. 빗자루를 들고 나가 복도도 싹싹 쓸고 있다. 마음 놓고 운서에게서 잠시 시선을 거두었다가 다시 복도를 내다보니 근우와 운서가 빗자루를 든 채 사라지고 없다. 약이 올랐지만 어쩔 도리가 없었다.

다음 날 아침, 조회 시간에 큰 소리를 냈다.

-근우, 운서! 빗자루는 어떻게 하고 도망을 간 거야!

-다른 반에 던져 넣었는데요.

태평스럽기 짝이 없다.

-가서 빗자루부터 찾아와!

주섬주섬 일어나 나가더니 빗자루 두 개를 찾아가지고 온다. 참으로 강력한 적수다.

시간이 한참 흘러 진학 지도를 하게 되었다. 이 학교는 많은 아이들이 공업계, 상업계로 진학하고 있었다. 운서는 인문계 진학도 어렵고 공업계에 갈만한 성적도 안 된다. 운서는 체격도 좀 작다. 그래서 '그렇게 공부하기를 싫어하니 미용학교에 가면 어떻겠냐'고 권유했다. 솜씨도 있고, 인물도 좋고 하니, 미용사로 성공할 수 있을 것 같았다. 요즘은 솜씨 좋은 남자 미용사도 많은 시대다.

운서는 싫다고 한다. 어쩔 수 없이 몇 개 안 남은 특지 인문고에 가게 되었다. 집에서 대단히 멀다. 전철을 몇 번 갈아타고 가야 한다.

졸업하고 나서 운서가 한번 학교에 온 적이 있다. 고등학교를 즐겁게 다니고 있었다. 학교가 상당히 멀지만 불평도 없었다. 첫 시험에 학급에서 14등을 했단다. 비슷한 성적의 친구들이 모여 있으니 그럴 수도 있겠다. 이제는 다행히 교과서도 좀 챙겨가지고 다닌다.

82. 학부모를 위한 공개수업

우리 딸의 졸업식이 다가오고 있었다. 외국에 공부하러 가서 석사학위를 받는 졸업식이다.

정말 졸업식에 참석하고 싶었다. 다 자란 어른이라지만 가족을 떠나 머나먼 곳에서 외롭게 공부하느라 얼마나 힘들었을까. 딸아이 학교도 구경해 보고 싶었다.

내가 중학교 교사이다 보니 우리 아이들의 입학식, 졸업식에 참석하지 못할 때가 많았다. 졸업식은 2월이라 봄방학 중이니 내가 근무하는 학교와 날짜가 겹치지 않으면 간혹 참석할 수 있었지만, 입학식에는 전혀 참석할 수 없었다. 나의 학교도 그날 입학식이니 담임이 빠질 수는 없는 일이다.

딸의 초등학교 입학식에는 부모 대신에, 우리 집에 잠시 머물던 아빠 친구가 참석하여 사진도 찍어주었다. 아들의 초등학교 입학식에는 아들을 돌봐주던 도우미 할머니가 대신 참석하였다. 중학교, 고등학교, 대학교 입학식에는 아무도 가지 못했다.

이번 졸업식에도 참석할 수 없게 되었다. 평시라면 어떻게 휴가를 받아보겠는데 그날이 공교롭게도 학부모를 초청하고 교사들이 공개수업을 하는 날이었다. 우리 반 학부모들이 수업을 보러 오는 날인데 담임인 내가 없으면 되겠는가.

딸아이는 이미 그곳에 취업을 하고 있었다. 여름방학이 오면 딸에게 가 보기로 약속하고 졸업식에는 아빠만 참석하였다.

공개수업은 마음에 부담이 가는 수업이다. 평소대로 하면 되겠지만 그래도 뭔가 더 준비를 하게 된다. 학습 자료도 더 만들고, 컴퓨터를 활용할 계획도 세워 두었다. '무궁화'를 설명하는 단원이라 다양한 품종의 무궁화 사진도 인터넷을 검색하여 마련해 두었다.

공개수업 날이었다. 어쩐 일인지 아무도 오시지 않았다. 우리 학교는 누가 오실 수 있는지 사전 조사는 해 두지 않았다. 날짜와 시간을 알려주었으니 그날 오실 수 있는 분이 편한 마음으로 오시면 된다. 어머니들이 모두 바쁘시다는 것은 알았지만, 대부분 소규모 자영업이니 몇 분은 짬 내어 오실 줄 알았다. 딸아이 졸업식에도 가지 못했는데, 마음이 허전하였다.

83. 일찍 등교하는 종훈이

아이들이 다 크고 나니 아침 출근 준비가 수월해졌다. 출근해 보면 내가 제일 먼저 교무실에 도착하는 날도 있고, 어느 날은 교감 선생님 다음으로 도착할 때도 있다. 누군가와 만날 약속을 했을 때, 약속 시간보다 일찍 가는 것이 마음 편한 사람인데 이제는 일찍 출근할 수 있게 되어 좋았다.

내가 자리에 앉아 일과를 시작하려면 곧 우리 반 종훈이가 등교한다.

교실 출입문 열쇠는 교무실에 꽂혀 있는 출석부에 매달려 있다. 주번이 제일 먼저 와서 출석부를 가져다 교실 문을 여는 것이 일반적인데, 우리 반은 늘 종훈이가 제일 먼저 등교해서 열쇠를 가지러 온다.

변함없이 일찍 등교하는 그 모습이 대견해서 나는 종종 먹을 것을 주었다. 카스타드 같은 과자를 한 봉 주기도 하고, 귤 같은 작은 과일을 줄 때도 있다. 보통 자잘한 먹을거리를 서랍에 넣어두었다.

종훈이가 졸업할 때, 아침마다 선생님에게 뭔가 먹을 것을 얻는 일이 행복했었다고 한다. 돈으로 따지자면 얼마 되지 않는 아주 소소한 선물인데 행복했다니, 참으로 기쁘다.

종훈이는 꽤 괜찮은 공업고등학교에 진학할 수 있었는데 그보다 좀 낮은 성적이어도 갈 수 있는 공업고등학교를 택했다. 그 학교에 형이 다니고 있었기 때문이다. 형과 같은 학교에 다니고 싶어 했다. 형제간에 우애도 깊었다.

부지런하고 다정했던 종훈이가 어떻게 살고 있는지 궁금하다.

84. '나대다'라는 말

옆 반의 선중이는 나를 비뚤어진 마음으로 대한다. 수업에 들어가면,

-선생님, 학교 언제 그만두실 거예요?라는 말로 미움과 불만을 노골적으로 드러내기도 한다.

나는 예사롭게

–응, 학교 그만둘 생각 없어.

라고 대답하지만 궁금하다. 선중이가 왜 저러는 걸까. 이제 2학년인데 공부에는 원래 흥미가 없는 줄 알고 있었지만, 모의시험 감독을 들어갔더니 답을 한 번호에 줄 세우고 있다. 그러지 말라고 해도 막무가내다. 저것도 나에 대한 비뚤어진 마음의 표현인가 의심스러웠다.

복도에서 선중이와 우연히 마주친 날 물어보았다.

-선중이는 선생님이 왜 그렇게 미운가? 선생님에게 뭐 할 말 있니?

발끝을 내려다보고 서 있더니 우물우물 대답을 한다.

-선생님이 저더러 '나댄다'고 해서요.

기억이 났다. 학기 초에 하도 부산하게 굴어 수업에 방해가 되길래,

-거기, 선중이! 왜 그렇게 나대는가. 나대지 말고 수업에 집중하세요!라고 한 적이 있다.

그게 그렇게 마음이 아팠단 말인가. 혹시 아이들에게 놀림을 받았던 것일까.

-아, '나대다~' 그거 사전에 있는 표준말이야. 그렇지만 선중이가 싫다면 선생님 다시는 그 말 쓰지 않을게.

동문서답을 했지만, 선중이는 그걸로 마음을 풀었다.

아이들은 때로 목화솜 같고 유리그릇 같다. 때 묻기 쉽고 깨지기도 쉽다. 그런 줄 알기에 마음을 다치지 않게 하려고 노력해 왔는데 여전히 마음을 다치게 했다. 경우마다 다르다고 해야 할까. 어떻게 대하고 어떻게 가르쳐야 할지 정답을 모를 때가 많다.

85. 컨닝과 오해

도난 사고와 마찬가지로 컨닝 사건은 해결하기가 어렵다. 잘못하면 학생의 인생에 낙인을 찍을 수도 있는 일이기 때문이다. 주홍글씨를 달고 살아야 할 수도 있다.

나와 나이가 같은, 교직 경력이 상당히 오래된 선생님이 우리 반 마지막 시감을 하셨다. 이러저런 일을 많이 겪으셨을 텐데도 이번 일은 무척 당혹스러워하셨다. 어떻게 해야 좋을지 모르겠다고 담임인 나에게 도움을 청하셨다.

그 선생님이 시감을 마치고 답안지를 다 거뒀는데, 여학생 몇 명이 나와서 남학생 누구를 지목하면서 컨닝을 했다고 강력히 주장했단다. 시감 선생님은 눈치도 못 챘고 전혀 알지 못했는데 저런 주장을 하니 혼란스러울 수밖에 없다.

책상 옆에 가방을 걸어두는 쇠고리가 있다. 그런데 그 남학생이 거기에 지퍼를 열어둔 가방을 걸어두고 노트를 넣어두었단다. 그리고 펼쳐져 있던 노트의 그 부분에서 주관식 문제가 여러 개

나왔다고 한다.

남학생은, 가방을 무심코 열어두었고 노트가 들어있었던 것도 맞지만 보고 쓴 것은 절대 아니라고 말한다. 그러나 여학생 서너 명은 그가 컨닝을 한 것이 분명하다고 주장을 굽히지 않는다.

참 애매하다. 여학생들은 시험 보는 데 집중하지 않고 그 남학생을 힐끔힐끔 쳐다보았단 말인가. 그 남학생은 또 왜 노트의 그 면을 접어두지 않았단 말인가. 그러나 지퍼가 열린 가방에 해당 답안이 적힌 노트가 들어있었다 해도, 여학생들이 아무리 그 남학생이 노트를 살짝살짝 보는 것을 봤다 하더라도 확실한 증거는 되지 못한다. 확실한 증거 없이는 문제 삼을 수 없다. 단순히 그 남학생이 시선을 좀 돌렸을 뿐인데 여학생들이 오해하고 있을 수도 있다.

선생님이 사전에 가방이 열린 것을 발견하고 가방을 닫아두라 했으면 좋았을 텐데 아쉽게 일이 벌어졌다.

종례를 하러 교실에 들어갔다. 아이들이 납득하도록 설명해야 했다.

'시감 선생님이 하시는 일은 크게 두 가지다. 인쇄가 잘못된 시험지를 바꿔준다든지, 너희들이 시험 보는 데 불편함이 없도록 보살피는 것과 컨닝을 방지하여 공정한 시험이 되도록 하는 것이다. 선생님은 최선을 다해서 컨닝을 방지하려고 하실 것이다. 그러나 언제나 100% 완벽하게 하실 수 있겠는가. 사람이니 그렇지 못할 경우도 있다.

오늘 같은 경우 선생님은 A가 컨닝하는 것을 보지 못하셨다. 그렇다면 너희 여학생들이 나와서 하는 말을 그대로 받아주셔야 하는가. 그렇지 않다. 실제로 컨닝일 수도 있지만 너희들이 오해했을 수도 있다. 어떤 경우에는 단순히 모함일 수도 있다.

만약 누군가가 B(컨닝을 주장하는 여학생 중의 한 명)가 컨닝하는 것을 보았다고 주장하면 선생님이 그 말을 그대로 수용해야 하는가. 아니라는 것을 이해할 수 있을 것이다.

A가 혹시 컨닝을 했다면 선생님에게 들키지 않았으니 오늘 억세게 재수가 좋은 날이 되는 것이고, 만약에 컨닝을 하지 않았다면 오늘 무척 억울한 일을 당한 것이다. 다음부터는 모두 가방을 잘 잠그고 시험을 보도록 해라. 다시는 이 일을 화제로 삼지 말아라.'

길게 설명하였다. 아이들은 이해가 되었는지 다시 문제 삼지 않았다. 다음부터 시감 선생님은 시험 시작 전에 가방을 잘 닫아 두었는지도 꼭 확인해야겠다.

86. 준수 아버지

이제 2학년 담임이다. 여름이 다가오고 있었다. 어느 날 아침, 조회를 하고 있는데 교실 앞문이 드르륵 소리 나게 열리더니 체격이 건장하고 머리가 짧은 남자분이 교실 안을 들여다보다가,

-서종이, 거기 이리 나오지 못해!

하고 소리를 지른다.

놀란 내가 다가가 무슨 일이시냐 했더니 서종이 패거리가 자기 아들 준수를 놀려대서 화가 나서 왔다고 하신다.

화가 많이 난 준수 아버님에게, 조회 마치고 곧 내려갈 테니 우선 교무실, 내 자리에 가 계시라고 했다.

교무실에 내려와 보니 교감 선생님 옆자리에 앉아 무슨 얘기인가를 나누고 계셨다. 많이 위로받고 누그러진 표정이었다. 준수가 작년에 뭔가 실수를 했는데 그것을 아직도 놀리고 있다니 화가 나실 만도 했다. 준수는 학교에 오는 것을 싫어하게 되었다고 한다. 내가 서종이 무리를 단단히 야단칠 터이니 염려 말고 집으로 가시라 했다.

대신에 내일 우리 반 체육 시간 끝날 때쯤 시원한 음료수를 아이들 수만큼 보내주십사 하고 부탁을 드렸다.

다음 날 시원하게 식힌 음료수가 가득 배달되어 왔다. 땀을 뻘뻘 흘리고 들어온 아이들은 시원한 음료수를 보고 너무나 좋아하였다. 옆 반 녀석들은 남는 거 없냐고 아우성이고, 옆 반에 친구를 둔 어떤 아이는 몇 모금씩 번갈아 나눠 먹느라 분주하고, 소란스러웠지만 흥겨웠다. 준수 아버님이 보내신 것이라 하니 모두 준수에게 '고맙다'고 인사하기 바쁘다. 이렇게 맛있는 음료수를 얻어먹었으니 다시는 준수를 놀리지 않을 것이다.

물론 나는 어제 종례시간에 서종이 무리를 눈물이 쏙 빠지도록 혼을 내주었었다.

87. 퇴임을 하면서

이 학교에 발령을 받아 오면서 나는 이 학교가 나의 마지막 학교가 되리라 예감하고 있었다. 이 학교에서의 근무 기간 5년을 마치고도 정년까지는 몇 년 더 남아 있겠지만, 아마도 새 학교로 다시 부임하는 일은 없을 것 같았다. 나도 이제 학교 일이 힘에 부칠 때가 많아졌다. 나이도 많아졌고 아이들과 세대 차이도 느끼기 때문이다.

먼저 학교도 일이 좀 많은 편이라 새로 부임해 오신 어느 선생님이 '여기 논산 훈련소예요? 왜 이렇게 힘들어요?' 하셨는데, 이 학교는 더 일이 많다. 학교 규모가 작아서이기도 하다. 학교 규모가 작으면 교사 수도 적은데 일정한 기본적인 행정업무가 있기 때문에 각자에게 주어지는 일이 많다. 게다가 서울이라도 아직 낙후된 지역이라 나라에서 많은 돈을 지원하고 있는데, 그 많은 돈을 쓰려면 그게 다 일이다. 다양한 프로그램을 연구하고 기획해서 결재를 받고 실행한 후, 평가와 보고까지 해야 한다. 잘 실행이 되었는지 학생과 학부모 설문 조사도 해야 한다.

컴퓨터가 학교에 보급되면서 이상하게 교사들의 일은 더 많아졌다. 처음에 컴퓨터가 학교에 들어올 때는 교사들의 일이 덜어질 거라 예상했는데 그 반대다. 예전에는 옆자리 선생님과 잡담을 잠깐 나눌 수도 있었고, 책을 읽을 시간도 좀 있었고, 가끔 10분, 20분 배드민턴을 칠 여유도 있었는데 요즘은 옆자리 선생님에게 눈 돌릴 시간도 없다.

이 학교로 발령을 받고 감회가 깊었다. 이 학교 아이들의 가정 환경이 첫 학교의 아이들과 비슷했기 때문이다. 전반적으로 주택 사정이 좋아졌으니까 거주 환경은 좀 나아졌을지도 모르겠다.

나의 인생이 직선이 아니라 둥근 원이었다는 생각이 들었다. 끝부분이 다시 처음 부분과 만나는 원의 형태처럼 여겨졌다. 그래서인지 아이들을 만나기도 전에 마음이 먼저 갔다. 학교에서 우리 반 명단을 가져와 이름부터 외웠다. 새 학기는 아직 시작되지도 않았는데.

만나 보니 아이들은 첫 학교의 아이들과 많이 달랐다. 첫 학교는 한 반 인원이 평균 68명 정도였어도 대체로 온순한 분위기였고 교사들에게도 친근하게 다가왔었다. 이제는 한 반의 학생 수가 35명 내외다. 절반으로 줄었는데도 통솔하는 데 힘이 더 든다. 세월도 흘러갔고 많은 것이 변했기 때문이다. 나도 나이가 들었다.

다음 해에 몸에 이상이 왔다. 갑상선기능저하증이다. 의사 선생님이 약을 복용해야 할 것 같다고 하셨는데, 약 먹는 것을 거절하고 병가를 받았다. 한 달 쉬니 수치가 정상으로 돌아왔다. 이제 쉬어야 할 때가 된 것 같아 그해 여름에 퇴직을 했다. 이 학교의 근무연한 5년을 채우지도 못했다. 유종의 미를 거두지 못하여 아쉽다.

가족을 제외하면 학교는 나의 인생의 거의 전부였다. 수많은 아이들을 만났고 진심으로 사랑하였다. 지금도 생각하면 종종 아이들이 그립다.

올리브나무 사이로

초판 1쇄 인쇄 2021년 5월 25일
1쇄 발행 2021년 5월 30일

지은이 | 윤경옥

펴낸곳 | 북앤피플
대 표 | 김진술
펴낸이 | 김혜숙
디자인 | 박원섭
마케팅 | 박광규

등 록 | 제2016-000006호(2012. 4. 13)
주 소 | 서울시 송파구 성내천로37길 37, 112-302
전 화 | 02-2277-0220
팩 스 | 02-2277-0280
이메일 | jujucc@naver.com

ISBN 978-89-97871-51-3 03800